내 몸에
흐르는
뜨거운 피

박상기 장편소설

내 몸에
흐르는
뜨거운 피

(주)자음과모음

차례

프롤로그

얼굴을 덮은 수건 위로 차디찬 물이 쏟아진다. 송곳처럼 날카로운 감촉에 몸이 절로 부르르 떨렸다. 어느 순간 목으로 넘어간 물 때문에 정신을 차릴 수 없었다. 사레들린 기침이 자꾸 비어져 나온다. 숨넘어가기 직전에야 수건이 걷혔다.

"푸하아!"

손발이 묶여 눈을 비빌 수도 없었다. 젖은 개처럼 한참 머리를 털고 나니 나를 붙잡은 사람들과 어두컴컴한 취조실이 흐릿하게 눈에 들어왔다.

"너 뭐 하는 놈이야."

변 차장이 담배에 불을 붙이며 물었다. 사실대로 말하면 모든 게 물거품이 된다. 무조건 입을 다물기로 했다. 변 차장이 내 얼굴을 툭툭 쳤다.

"어이, 조센징. 불으라고!"

정신을 바짝 차려야 한다. 변 차장이 가소롭다는 듯 픽 웃으며 손가락을 까딱였다. 옆 사람이 내 얼굴에 수건을 다시 덮어 버렸다.

"우우웁, 커헉!"

미처 대비 못 한 사이에 쏟아진 물이 목과 코로 사정없이 흘러들어왔다. 의식이 아득한 심연에 매몰될 만큼 호흡곤란에 시달렸다. 변 차장은 지금 이 순간을 즐기는 게 틀림없다.

'개자식들!'

속으로 욕이라도 퍼부어야 고통을 넘길 수 있었다. 한참이나 깜깜했던 눈앞이 겨우 다시 환해졌다.

고개를 세차게 흔들었다. 자기 옷에 튄 물을 신경질적으로 털어 내며 선글라스를 고쳐 쓰는 남자, 변 차장이 보였다. 담배 연기를 내 쪽으로 뿜으며 재차 위협했다.

"불어."

"……."

"말하면 바로 풀어 주마."

"……."

"무작정 버티시겠다? 순진한 놈, 이제 시작일 뿐이야."

변 차장이 오른쪽에 선 사람에게 지시했다.

"장도리 가져와."

꿇어 엎드린 내 얼굴 앞으로 장도리가 둔중한 소리를 내며 떨어졌다. 설마, 저걸로 손가락을 하나씩 찍을 셈인가?

"잠깐만요!"

변 차장이 눈썹을 실룩거렸다.

"뭔데?"

아무렇지 않게 시치미 떼려고 했지만 말을 더듬었다.

"저, 저는…… 의원 집 아들이에요."

"그런데 거길 왜 돌아다녀?"

"돌림병을 연구하느라……."

변 차장이 내 눈동자를 빤히 들여다보았다.

"그게 다야?"

"네……."

선글라스 뒤로 변 차장이 어떤 표정을 짓는지 알 수 없다. 심장이 터져 버릴 것 같다. 얼굴에서 떨어지는 물방울 소리만이 몇 초간의 정적을 두드렸다.

짝짝.

변 차장이 손뼉으로 상황 종료 사인을 보냈다. 요원이 스위치를 누르자 취조실로 구성된 시뮬레이션 룸에 환한 조명이 켜졌다. 설정에 따라 공간을 변형해 주는 4D 프레이머가 드러났고, 연둣빛과 붉은빛으로 번갈아 반짝이는 네온 벽이 보였다. 원래 공간으로 리셋된 것이다. 묶였던 손발이 풀리고서야 마음이 놓였다.

갑자기 변 차장이 내 머리를 쥐어박았다.

"야 이 새꺄, 속이려면 더 그럴듯하게 해야지. 눈동자가 너무 흔들리잖아!"

속이 쓰려 왔다. 또 불합격이란 소린가. 변 차장이 약 올리듯 말했다.

"어쩜 그렇게 새가슴이냐? 범생 아니랄까 봐 죽어도 거짓말 못하네."

옆에 있던 요원들도 나를 깔보듯 내려 봤다.

"그래서 네 아빠 따라가겠어? 이 새끼, 보내면 바로 발각되는 거 아냐?"

"그럼 안 가면 되잖아요!"

신경질적인 반응을 진압하듯 변 차장의 손바닥이 다시 내 머리를 후려쳤다.

"철도 안 든 녀석 같으니. 여기에 먹고 자려고 들어왔어? 바깥에는 매일 사람이 몇 천씩 죽어 나가는데!"

나보고 뭘 어쩌라는 건지 모르겠다. 이 연구소에 들어온 것도 내 뜻이 아니었는데. 뭐라고 대꾸하기도 전에 변 차장이 엄포를 놓았다.

"내일 다시 한다. 보안 교육 끝."

그와 동시에 네온 벽과 조명이 모두 꺼졌다. 선글라스를 낀 요원들이 변 차장을 따라 나갔다. 어느새 나만 젖은 생쥐 꼴로 덩그러니 남았다.

한 바이러스

"N4702 한가람, 신원 확인 완료."

홍채와 지문 인식이 끝나자 뿌연 소독 가스가 온몸에 뿌려졌다. 매캐한 냄새를 참으며 두어 번 심호흡했다. 바깥에 한 바이러스가 퍼진 뒤로 '국립 티켈 연구소' 안에서 이동할 때마다 거쳐야 하는 과정이었다.

소독이 끝나자 위잉 소리를 내며 내 방문이 열렸다. 널찍하고 깔끔한 공간이 펼쳐졌다. 분명 잔뜩 어지르고 나갔는데 침대 시트부터 책상까지 AT 로봇(Auto Trim Robot)이 말끔히 정리해 놓았다. 옷가지까지 자로 잰 듯이 놓여 숨이 막혔다.

조명 대신 보안 스위치를 눌렀다. 창문 유리가 검은색으로 변

하면서 방 안이 깜깜해졌다. 도청도 되지 않을 터였다. 조용히 침대에 걸터앉았다.

"후우……."

내 존재를 확인하듯 심호흡을 반복했다. 아무것도 안 보이는 이 광경이 마치 내 상황 같다. 이젠 전부 때려치우고 싶다. 연구소 사람들은 도무지 대하기가 어렵고, 바이러스 때문에 견디는 훈련도 넌덜머리가 난다. 특히 변 차장이라면 꿈에서 봐도 벌떡 깰 정도다. 모두 아빠와 날 가만 놔두질 못해 안달이 난 듯하다.

손으로 커다란 어항을 가리켰다. 방아쇠처럼 검지를 당기자, 형형색색 열대어들을 비추던 어항 유리가 TV로 전환되어 어두운 방을 조금 밝혀 주었다. 검은 양복을 말쑥이 차려입은 아나운서가 뉴스를 읽고 있었다.

"일명 '7일 열병'으로 불리는 한 바이러스가 차가운 공기에서 더욱 활발해지는 것으로 나타났습니다. 새해 들어 사망자 추이가 더욱 급격하게 늘어난 걸 보실 수 있는데요. 시청자 여러분은 전국 폐쇄 조치 기간에 가정 방역 시스템을 유지하고 외출을 금해 주시기 바랍니다."

작년 12월을 기점으로 급격히 치솟은 꺾은선 그래프를 보니 절로 한숨이 나왔다. TV에서는 연일 바이러스 소식만을 전할 뿐이다. 한 줄로 나란히 누워 죽을 날만 기다리는 환자의 모습을 보니 절로 눈살이 찌푸려졌다. 왼쪽으로 검지를 튕겨 바뀐 채널에서도 투명 방독면과 노란 보호의를 입은 리포터가 병원 건물을 배경으로 서 있었다.

"이곳은 한 바이러스 감염 환자를 최초로 발견한 P대학 병원입니다. 환자를 비롯해 의료진까지 사망하여 폐허가 된 모습이 안타깝기만 합니다. 한강의 비둘기로부터 처음 발견되어 이름 붙여진 한 바이러스(Han virus)는 사람에게 증상이 나타나면 7일 이내 100% 사망에 이르는데요. 아직 치료법이 없어 전국의 모든 의료 시스템이 마비된 상태이며, 환자를 수용할 공간도 절대적으로 부족한 실정입니다."

화면 밑에 자막으로 표시된 '810,366명'에 눈길이 머물렀다. 지금까지 바이러스로 사망한 사람의 수였다. 감염되면 곧 죽음이기에 감염자 수는 이제 표기하지 않는다. 저 숫자는 우리나라만 집계한 숫자였다.

다시 손가락을 움직여 채널을 바꿨다. 이번에는 과학·경제 분야의 전문가들이 화상으로 토론하는 프로그램이었다.

"한 바이러스는 정상적인 면역 유전자를 가졌으면 감염되지 않았을 질병이에요. 유전자 변형 식품(GMO)에 장기간 노출된 사람이 면역 체계가 무너져 걸린 현대병이란 말입니다. 즉각 문제가 되는 농축산물 수입을 중단해야 합니다."

"자꾸 GMO를 들먹거리시는데 일부 학자의 주장을 너무 맹신하는 것 아닙니까? 국제사회의 도움이 시급한 마당에 외국 탓만 해서는 문제가 해결되지 않을 겁니다."

"한승준 박사의 유전자 변형 식품 부작용설은 이미 정설로 받아들여지고 있습니다. 그보다 중국과 일본에도 바이러스가 퍼졌어요. 벌써 50여 개국 이상이 수교를 단절한 상태입니다. 경제적으로도 이 난국을 어떻게 극복할 것인지 고민해야……."

늘 나왔던 이야기의 반복일 뿐이었다. 화면을 향해 검지를 당겨 TV를 꺼 버렸다. 본래의 어항으로 전환된 유리 너머로 열대어들이 다시 돌아다녔다.

방금 TV에서 거론된 한승준 박사는 우리 아빠다. 한 바이러스의 감염 원인을 처음으로 밝혀낸 유전공학자다. 그런데 오히려 정부에 요주의 인물이 되고 말았다. GMO의 유해성을 입증한 까닭에 정부의 인간 유전자 변형(GMH) 사업에도 제동이 걸렸기 때문이다. 아빠는 그간의 연구비를 모두 환수당했고, 우리 집은 빚더미에 앉게 되었다.

"한 번도 국민에게 유전자 변형 식품을 먹으라고 한 적 없다."

대통령이 뒤늦게 항변한 이 말은 불난 민심에 기름 뿌리는 격이었다. 우리나라는 이미 GMO 없이 밥상을 차리기 힘든 국가였으니까.

아빠의 이름이 유명세를 치르자 정부는 이를 이용했다. 이 사태를 해결할 사람이 마치 아빠인 것처럼 의도적 영웅 만들기에 나선 것이다. 아빠는 강제로 이곳 국립 티켈 연구소로 들어오게 되었고, 백신 개발을 호언장담하는 사람으로 언론에 보도되었다. 사태가 더욱 악화되면 아빠를 총알받이로 쓰려는 속셈이었다.

변 차장은 국립 티켈 연구소가 개발 중인 '리플렉터 프로젝트'의 책임자였지만 사실은 아빠를 감시하는 역할이다. 국정원 제3차장이면 우리나라 권력의 실세라는데 그런 거물이 나의 보안 교육까지 도맡은 걸 보면 알 수 있다. 매일 같이 시뮬레이션을 일제강점기로 설정하고 날 고문해 대는 게 보안 교육이라니.

내가 다니던 중학교가 문을 닫은 지도 벌써 넉 달이 넘었다. 친구 정혁이가 이미 세상을 떠났고, 희철이도 바이러스에 감염된 것 같다며 오래전에 유언 같은 메시지를 보내왔다. 여기 들어오면서 보안상 웨어컴(Wearable Computing System)을 제거당하는 바람에 친구들과 소식이 끊겼다. 지금쯤 희철이는 아마도⋯⋯.

이젠 누가 죽었다는 소식을 들어도 무감각해진 지 오래다. 방송 매체에도 유명한 정치인이나 연예인이 사망했다는 소식이 무더기로 쏟아지고 있었으니까. 이럴 때 바깥소식에 일일이 반응했다간 벌써 정신병에 걸렸을 것이다.

책상에 다가가 스탠드를 켰다. 어두컴컴한 벽에 그림자가 유령처럼 흐느적거린다. 펜으로 2042년 달력의 1월 17일에 'X'를 그었다. 아빠를 따라 연구소에 들어온 지 108일째다. 엄마와 여동생을 보지 못한 시간이기도 했다.

국립 티켈 연구소에선 뭐든지 비밀이었다. 아빠와 내가 '리플렉터'의 실험자로 예정되어 있다는 것밖에 모른다. 리플렉터가 무슨 장치인지 알 수도 없었다. 십수 년 전 남해에 떨어진 거대한 운석 물질 티켈과 관련 있다는 것밖에는. 아빠는 뭔가 알고 있는 듯했지만 물어볼 때마다 무시당하곤 했다.

위잉.

벽에 내장된 전자시계의 숫자가 'AM 11:00'로 바뀐 순간, 방문이 자동으로 열렸다. 어두운 터널 모양의 복도가 어서 들어오라는 듯 입을 쩍 벌리고 있었다. 지금부터 두 시간 동안 체력 단련을 해야 한다.

트레이닝 룸에서 아빠를 볼 시간이다. 터덜터덜 걸으며 짜증 섞인 기지개를 켰다.

"늦었다. 뭘 그리 꾸물거려?"

내가 로비에 미처 모습을 드러내기도 전에 아빠의 굵은 목소리가 날아들었다. 이 연구소에는 숨을 곳조차 없다.

러닝 머신에 걸려 있는 컨디셔닝 셔츠를 입었다. 심장박동을 체크해 주는 건 물론이고 체온에 따라 자체 냉난방까지 되는 셔츠다.

연구소 9층에 있는 트레이닝 룸은 산 중턱의 전망이 확 트인 곳이다. 거대한 유리창 밖으로는 넓게 펼쳐진 서울의 전경이 보인다. 빽빽한 도심 사이로 감염자를 나르기 위한 무인 헬기들이 분주히 떠다니고 있다.

아빠 옆에서 러닝 머신을 시작했다. 습관처럼 스크린 버튼을 눌렀다. 앞쪽의 투명했던 유리창 하나가 화면으로 전환되며 TV가 켜졌다.

"꺼라. 얘기 좀 하자."

아빠가 또 낮은 목소리를 냈다. 어쩔 수 없이 버튼을 도로 눌렀다. 화면이 사라져 투명해진 창문에는 다시 서울의 전경이 나타났다.

홀로그램 모니터를 보니 아빠의 심박 수가 130 정도를 오르락내리락했다. 적당히 운동이 되는 상태다. 아빠가 약간 숨찬 목소리를 냈다.

"물리학 공부는 다 끝나 가니?"

"가두고 시키니까 꾸역꾸역하는 수밖에요."

나는 심박 수 80에 걸맞게 느긋이 대답했다. 아빠의 숨찬 질문이 이어졌다.

"태권도는 별로 안 늘었다던데?"

나는 픽 웃으며 대꾸했다.

"그거 잘해 봐야 무슨 소용이에요. 스턴 건으로 쏘면 되죠."

"쏴 보지도 못 하고 당하는 수가 있어."

아빠 말에 굳이 대꾸하지는 않았다.

스턴 건은 이곳에서 만져 본 물건 중에 가장 흥미로웠다. 호신용 무기인데 전기 침이 발사되어 상대방을 기절시키는 총이다. 원래 경찰이 사용하는 물건이지만 아빠와 내게 특별히 지급된 물건이다.

우리는 한동안 말없이 걸었다. 러닝 머신 위에선 아무리 바삐 걸어도 제자리걸음의 연속이다. 나의 하루도 매일 비슷한 일과의 반복이었다. 아홉 시부터 보안 교육, 열한 시에는 체력 단련, 두 시부터 물리학 수업, 네 시에는 태권도……. 공기까지 외부와 완벽히 차단된 연구소에서 다람쥐 쳇바퀴 돌듯 지내고 있다. 방역 시스템이 없는 집에서 지내고 있는 엄마와 여동생만 아니었다면 바깥에 바이러스가 퍼진 사실도 잊어버렸을 것이다.

학교에 다닐 때보다 더 힘들게 살고 있지만 달리 인정받는 것도 아니었다. 올해 열여섯 살인데도 2학년부터 다시 다녀야 할 처지였으니까. 휴교한 탓에 다른 친구들은 원격으로 이수하기도 한다지만, 보안 문제로 연구소에 갇힌 나는 그것도 불가능했다.

한창 신세 한탄에 빠져 있는데 아빠가 돌연 러닝 머신을 멈췄다. 아빠의 심박 수가 170이 넘었다. 숨을 후우 크게 내뱉는 것이 꽤 긴장한 모습이었다.

"말해 줄 게 있다."

아빠의 무거운 목소리에 나도 러닝 머신을 멈췄다. 비밀을 얘기할 거라는 직감이 들었기 때문이다. 주변의 공기가 착 가라앉은 느낌이었다.

"아프리카에 마지막 연구팀이 다녀왔는데 한 바이러스 항체를 얻지 못했다는구나. 이젠 지구상 어디에도 없을 거야."

연구소에 들어오기 전에 아빠에게 들은 얘기가 있었다. GMO 섭취 기간이 짧았던 아프리카 원주민들이라면 한 바이러스를 이겨 낼 항체가 있을지도 모른다는 것이다. 하지만 그 기대조차 무너졌다는 뜻이었다. 나는 눈치를 살폈다.

"그럼 어떻게 해요?"

"GMO가 없는 곳으로 가야지."

"아프리카도 아니라면서요. 그런데 어딜 간다는 말이에요?"

아빠가 아무도 없는 트레이닝 룸을 다시 살피더니 더욱 낮은 소리로 말했다.

"잘 들어. 지금부터 얘기하는 건 국가 기밀이자 일급비밀이야. 변 차장이 허락했고 도청 하에 얘기하는 거야."

침이 꼴깍 넘어감과 동시에 내 심박 수가 올라갔다.

"우린 또 다른 한국에 갈 거다."

"또 다른 한국이요?"

"1932년……. 리플렉터가 우릴 그곳으로 데려다 줄 거야."

삐이이!

동시에 모니터에서 경보음이 울렸다. 심박 수가 200을 넘은 것이다. 심장박동이 머리까지 울리는 기분이었다.

"말도 안 돼! 리플렉터가 시간 이동 장치란 말이에요?"

"나침반이라고 해 두지. 티켈의 시공간 지향성을 제어하는 장치가 리플렉터니까. 자세한 건 물리학 시간에 김용정 박사가 설명해 줄 거다."

티켈 운석이 남해에 떨어졌을 때 일본과 분쟁하면서 여론이 들끓었던 적이 있었다. 결국 굴욕적인 협상 끝에 반씩 나눠 가지기로 했고, 얼마 못 가 사람들 머릿속에서 잊혔다. 그런데 국립 티켈 연구소에서 보관하고 있는 물질이 이런 것이었다니.

얼빠질 새도 없이 아빠가 한마디 덧붙였다.

"변 차장 말로는 4년 전에 일본이 먼저 리플렉터를 발사했는데 마지막 차례에서 실패했대. 거기 탔던 일본 사람 두 명 모두 실종됐다더구나."

두려움이 엄습했다. 아빠가 이런 걸 담담하게 말하는 것도 이해되지 않았다.

"안전하지도 않은 걸 왜 타요? 우리도 개죽음당하면 어쩌려고?"

아빠의 표정이 굳어졌다.

"말조심해라. 너 지금 상황이 어떤지 모르니? 이대로 있으면 전부 바이러스에 감염돼서 죽어. 면역 체계가 오염되지 않은 사람의 혈액이 필요해."

"이상한데. 아빠가 언제부터 이 프로젝트의 열렬한 신봉자가 됐어요?"

"마지막 도박에 동참한다고 해 두자. 가만히 앉아서 죽는 것보 단 낫잖아."

하지만 여전히 풀리지 않는 의문이 있었다.

"아빠야 유전공학의 권위자니까 그렇다고 쳐요. 그런데 나는 왜 따라가요?"

아빠는 한참 머뭇거린 끝에 입을 열었다.

"이번 일은 극비 사업이야. 대통령과 국정원의 변 차장, 그리고 이 연구소만 아는 프로젝트지. 리플렉터에 탈 수 있는 사람은 제 한될 수밖에 없어."

장황하게 돌려 말하는 아빠에게 짜증이 났다. 나는 참지 못하 고 소리를 쳤다.

"그러니까, 왜 하필 저냐고요!"

아빠가 한숨을 푹 쉬었다.

"내 뜻이 아니야. 나 혼자 가면 영영 복귀하지 않을까 봐 변 차 장이 데려가라고 지시한 거지. 네가 거길 가면 나한테 빨리 돌아 가자고 늘 징징댈 거 아니냐. 가족들 못 보는 것도 힘들어 할 테 고. 한마디로 넌 이곳에 다시 돌아오기 위한 '볼모'야."

"……."

어이가 없었다. 단지 아빠를 못 믿기 때문에 나를 리플렉터에 끼워 태우는 거라니. 보안 교육을 할 때마다 나를 조선인으로 가장시켜 고문한 이유를 이제야 알았다. 거기서 비밀 유지나 하라는 뜻이었다.

세상을 구하는 일은 아빠의 몫이다. 짐짝과 다름없는 내게는 아무런 의미가 없는 일이었다. 생각하면 할수록 화가 부글부글 끓어올랐다.

삐이이!

"에이, 짜증 나!"

시간이 훌쩍 지나갔다. 오늘은 완성된 리플렉터를 처음으로 시험 가동하는 날이다. 우리는 발사 위치인 충남의 가야산으로 향했다.

리플렉터 조작 미숙으로 죽을 순 없어서 밤마다 공부에 매달렸더니 조작법을 거의 이해하게 되었다. 아빠가 기계치라 내가 더 분발할 수밖에 없었다.

"다들 맡은 부분을 최종 점검하도록. 가람이 너도 이리 와!"

리플렉터 제작 책임자인 김용정 박사가 우렁찬 목소리를 냈다. 멀찍이 올백 머리에 검은 양복을 입은 변 차장이 부리부리한 눈으로 지켜보고 있었다. 아빠가 뒷짐 지고 기다리는 동안, 김용정 박사와 함께 에너지 코어와 계기판을 점검했다. 계기판엔 귀환 버튼과 비상 버튼 말고도 수많은 키가 늘어서 있었다.

리플렉터는 딱 두어 명 탈 정도의 크기였는데, 보통의 비행기나 우주선과 달리 둥그스름하고 바닥만 평평했다. 매끈매끈한 리플렉터의 표면을 손으로 만져 보았다. 굳이 느낌을 구별하자면 금속보다는 보석에 가까웠다. 새로운 물질인 티켈의 감촉이었다.

김용정 박사에게 배운 바로는 현재 기술력으론 절대로 시간 이동 장치를 만들 수 없다고 했다. 광속 추진 기술은 있지만, 광속을 견뎌 낼 물질이 없었기 때문이다. 그러던 중 우리나라에 떨어진 티켈 운석이 커다란 변혁을 일으켰다.

티켈 운석은 섭씨 6만 도 이상의 대기 마찰에도 원형을 보존한 채로 떨어졌으며 광속에서도 변하지 않는다는 사실이 밝혀졌다. 게다가 온도가 높아질수록 강력한 반자기성을 띠며, 자체 척력만으로 중력권 밖으로 날아갈 수 있는 물질이었다. 이보다 우주선에 적합한 물질이 없을 정도라고 들었는데, 아쉬운 건 운석이 작아서 우리나라와 일본이 리플렉터를 한 대씩밖에 만들지 못했다는 점이다.

티켈의 반자기성이 일정한 곳을 지향한다는 사실을 먼저 밝혀 낸 건 일본이었다. 즉, 티켈이 다른 우주적 공간으로의 자성을 지녔다는 말이다. 특히 광속 이상에서 티켈 입자가 이따금 사라지는 현상이 벌어졌는데 이게 바로 '공간 왜곡 현상'이다. 그 이유가 티켈의 한 방향에 열을 가했을 때 발생하는 회전 동력 때문이란 것도 밝혀졌다.

일본에서 리플렉터를 처음 개발한 것은 공간 왜곡으로 인한 티켈의 손실을 막기 위함이었다. 그래서 역회전 동력 장치를 만들어 티켈을 되살려 내곤 했다. 그러다가 놀라운 점을 관측했는데, 되살려 낸 티켈에게서 공통으로 시간이 흐른 흔적을 발견한 것이었다. 이것이 당시 지구 나이로 106년이란 걸 밝혀내는 데는 오래 걸리지 않았다. 한마디로 티켈은 1932년의 시공간을 지향하는 나침반이었다.

티켈이 시간도 왜곡시키는 걸 알아낸 일본은 곧바로 유인(有人) 리플렉터 개발에 착수했다. 1932년으로 넘나들기 위해서였다. 마침내 4년 전에 리플렉터를 완성했고, 두 차례나 시험 발사에 성공했다. 하지만 처음으로 사람을 태운 세 번째 발사에서 리플렉터는 사라져 버렸다. 바로 여기 충남의 가야산에서 말이다. 일본이 왜 한국에서 리플렉터를 발사했는지는 극비인 탓에 알 수 없었다. 여기까지가 김용정 박사에게 들은 내용이었다.

점검을 다 마친 김용정 박사가 변 차장에게 이상이 없음을 보고했다. 변 차장은 손을 한 번 흔드는 것으로 대답을 대신했다.

김용정 박사가 너털웃음을 지으며 아빠에게 말했다.

"가람이 녀석, 기계 다루는 솜씨가 보통이 아니야. 제자로 삼고 싶은데."

"다행이구먼. 잘하는 게 하나라도 있어서."

실험용 로봇이 리플렉터 안으로 들어가서 덮개를 닫았다. 연구원들이 모두 뒤로 물러난 다음, 김용정 박사가 로봇의 조종 스위치를 눌렀다. 로봇이 이제 막 시동을 걸었는지 리플렉터 이곳저곳에 내장된 램프가 반짝거리기 시작했다.

이론으로만 배운 걸 실제로 목격하는 순간이었다. 실험용 로봇이 무사히 다녀오면 바로 내일 우리가 리플렉터를 타고 떠나게 된다. 침이 꼴깍 넘어갔다.

"텐, 나인, 에잇, 세븐……."

카운트다운이 시작되었다. 우리는 숫자 하나하나에 촉각을 곤두세웠다. 이윽고,

큐우웅!

리플렉터가 하늘로 솟아오르기 시작했다. 티켈의 반자기성이 동력원이라서 주변에 바람을 일으키지도 않았다. 급격히 떠오른 리플렉터가 눈 깜짝할 사이에 눈앞에서 사라졌다.

"역사적인 출발치고는 조용하네."

아빠가 강 건너 불구경하듯 말했다. 그에 반해 김용정 박사는 변 차장을 흘끗 보며 긴장한 얼굴로 중얼거렸다.

"성공해야 하는데. 저거 안 돌아오면 모가지야."

성공을 자신하면서도 안절부절못하는 목소리였다. 그 말이 농

담은 아닐 것이다. 리플렉터를 개발하느라 천문학적인 돈을 쏟아부었다고 들었으니까.

"왜 바로 안 돌아와요? 시공을 이동하는 건 순간이라면서요."

"리플렉터가 중력권 밖으로 나가는 시간이 2분 30초, 광속 회전하기까지 2분, 착륙하는데 6분 정도 걸려. 왕복이면 20분 가까이 기다려야 해."

김용정 박사가 골동품 같은 손목시계를 만지작거리며 대답했다. 그야말로 1분이 1년처럼 느껴지는 순간이었다.

어제 뉴스에 의하면 한 바이러스로 사망한 인원이 그새 백만 명이 넘었다. 그동안 우리나라와 수교를 단절해 왔던 유럽 국가들조차 한 바이러스가 퍼지기 시작했다. 그야말로 한시가 급한 상황이다.

"한가람, 잠깐 이쪽으로 와."

변 차장이 날 불러냈다. 그리고는 특수 방음 설계가 된 관용차로 들어갔다. 비밀 얘기를 하려는 게 틀림없었다. 내가 차 문을 열자, 안에 있던 요원 두 명이 재빨리 내리며 앉을 자리를 마련해 주었다. 조수석에 앉아 보니 변 차장과 나, 둘뿐이었다. 마주 본 변 차장의 얼굴은 멀리서 볼 때보다 늙어 보였다.

"네 아빠 괜찮은데, 넌 좀 걱정돼서 말이야. 거기 가는 목적이나 점검해 보자."

진짜 이 사람은 대단하다. 리플렉터가 실패할지 모르는 이 초조한 순간에 어떻게 이런 침착한 대화를 시도할 수 있을까. 어이없어하는 내 표정과 상관없이 변 차장이 질문을 던졌다.

"1932년으로 가는 이유는?"

긴장한 탓에 바로 말이 나오질 않았다. 나는 겨우 입을 열었다.

"한 바이러스의 항체를 구해 오라면서요."

변 차장이 듣는 둥 마는 둥 고개를 끄덕이더니 창문 밖을 조심스레 살폈다.

"그건 네 아빠가 할 일이고, 네가 따로 해야 할 일이 있어."

내가 할 일이라니, 처음 듣는 소리다.

변 차장이 네모난 전자 기기를 하나 건네며 아까보다 은밀한 목소리를 냈다.

"거기 가서 일본이 4년 전에 잃어버린 리플렉터를 찾아봐라. 그건 전파탐지기인데 일본 측 생존자나 시체가 있으면 신호를 잡아낼 거다."

갑자기 머리가 혼란스러워졌다. 아빠를 따라가는 것만도 마음이 복잡한데 게다가 임무라니. 왠지 내키지 않았다.

"아빠한테 그런 얘긴 못 들었는데……."

고개를 갸우뚱거리자 차 안이 정적으로 휩싸였다. 한참 침묵을 지키던 변 차장이 눈가에 주름이 잡히도록 웃었다.

"이 녀석, 눈동자 굴리는 거 봐라. 집에 틀어박힌 가족이 불쌍하지도 않냐?"

순간 뜨끔했다. 말한 적도 없는데 내 생각을 어떻게 알았을까.

"임무를 해내면, 너희 집에 방역 시스템을 달아 주마. 연구소랑 동일한 걸로."

연구소의 방역 시스템이라면 국내 최고였다.

"네 아빠가 빚더미에 앉은 것도 속상하지? 무사히 찾아오면 외국 유학에 대학까지 보내 주마. 나 그 정도 능력은 있는 사람이다."

눈이 번쩍 뜨였다. 변 차장이 내 마음을 도청이라도 한 것 같았다. 파격적인 제안에 섣불리 대답을 못 하자 변 차장이 손을 꼭 잡았다.

"내가 널 그렇게 굴리면서 정이 안 들었을 것 같냐? 넌 내가 키운 요원이야. 반드시 해낼 거라 믿는다."

죽도록 미운 것도 정이라면 정들었다고 할 수 있겠지. 변 차장에게 이런 면이 있는 줄은 몰랐다. 내가 고개를 끄덕거리자, 변 차장이 동네 아저씨처럼 격 없이 웃으며 어깨를 다독였다.

나는 예의를 갖추어 변 차장에게 인사하고는 관용차의 문을 열었다.

"오오!"

그 순간, 연구원들의 환호성이 들렸다. 그쪽을 쳐다보니 어느새 리플렉터가 멀쩡하게 돌아와 있었다.

리플렉터의 덮개가 열리자 실험용 로봇이 걸어 나왔다. 이상하게도 왼쪽 팔이 떨어져 나가고 없었다. 연구원 여럿이 기다렸다

는 듯이 로봇과 리플렉터에 달라붙어 이곳저곳을 점검하기 시작
했다.

"내부 공기압 이상 없음!"

"에너지 코어 이상 없음!"

"인체 안정성 이상 없음!"

속속 들려오는 보고에 김용정 박사가 고개를 끄덕였다. 그리고
는 한마디 했다.

"이제 중요한 건 정말 1932년에 다녀왔느냐는 거로군."

모두가 지켜보는 가운데 실험용 로봇이 어디론가 움직이기 시
작했다. 나 역시도 긴장한 채로 바라보았다. 로봇은 멀지 않은 둔
덕에 멈추더니 흙을 파내기 시작했다. 생각보다 깊숙한 곳까지
파고들었다. 곧이어 로봇이 땅속에서 뭔가를 뽑아 들었는데 자세
히 보니 떨어졌던 로봇의 왼팔이었다. 자신의 팔을 묻어 두고 온
모양이었다. 나도 연구원들을 따라 로봇에게 다가갔다.

김용정 박사가 흙을 닦아 내자, 오래된 철기 유물처럼 잔뜩 녹
이 낀 금속의 표면이 드러났다. 열어서 안을 보니 액정이 여러 개
부착되어 있었다.

[40176 : 23 : 56 : 41]

그중 하나를 꺼내 드니 이런 숫자가 보였다. 끝의 41이 42, 43으

로 바뀌는 걸 보아 타이머라는 걸 알 수 있었다. 즉 40,176일 23시 56분 41초였다.

"대략 110년이니까…… 1932년 맞군."

웨어컴을 만지작거리던 김용정 박사가 계산 결과를 말하자 연구원들이 다시 한번 함성을 질렀다. 드디어 첫 시험 가동에 성공한 것이다.

아빠가 안경을 만지작거리며 말했다.

"너무 좋아할 것 없어. 일본도 시험 가동은 성공이었다고."

김용정 박사는 개의치 않고 웃었다.

"하하, 다들 기뻐하는데 초 치기는. 그렇게 겁나면 내가 대신 갈까?"

아빠가 고개를 가로저었다.

"자네 같이 우수한 과학자를 보낼 리 있겠어? 총알받이인 내가 가야지."

"총알받이라니. 헛소리 그만하고 예정대로 내일 출발할 테니 준비나 해."

'예정대로 내일 출발'이란 말을 듣자 온몸에 소름이 돋았다. 110년 전 과거로 떠날 생각을 하니 설렘과 두려움이 한꺼번에 몰려왔다. 내가 과연 일본의 리플렉터를 찾아올 수 있을까.

당장 거기서 생활할 때 필요한 걸 챙겨야 했다. 웨어컴과 컨디셔닝 셔츠는 필수다. 변 차장이 준 전파탐지기와 스턴 건도 챙길 것이다. 또 무엇이 필요할까.

　음…… 잘못하면 돌아오지 못할 수도 있으니 유언장이나 쓰고 가야겠다.

기생오라비 같은 전학생 _{덕재}

"덕재야! 할아부지 가는디 내다보지두 않느냐?"

호통 소리에 몽중에도 퍼뜩 정신이 들었다. 눈을 떠 둘러보니 아직 날이 밝지도 않았다. 필시 묘시(卯時, 오전 5~7시경)도 안 되었을 것이다. 발딱 일어나 고무신을 꺾어 신고 마당으로 잽싸게 튀어나왔다.

춘삼월 이른 새벽 공기가 동장군 못지않게 매섭다. 막 지게를 짊어진 할아버지가 떠날 채비를 하는 중이었다. 지게에 옹기를 잔뜩 올리고 밧줄로 친친 감은 모양이 위태로웠지만 노련한 옹기 장수인 할아버지에게는 거뜬했다. 나는 연신 하품을 하며 노곤한 투로 물었다.

"오늘은 무슨 장이유?"

"삽교장이다 이눔아. 광시, 역전, 신양까지 돌아오믄 닷새는 걸릴 거여. 학교 빼먹지 말고 처신 잘 하그라."

그러면서 종이돈 한 장을 건네주는데, 어둑해서 눈을 찡그려 살펴보니 5원이었다. 간만에 호강 두둑이 하게 생겼다. 속으로 쾌재를 부르며 꾸벅 인사했다.

"헤헤, 잘 댕겨오셔유."

"오냐. 제때마다 끼니 챙겨 먹으라고 주는 거여. 에미 없는 티 내지 말구."

"지 걱정 마시구, 달포 있다 오셔두 돼유."

"허허, 고얀 놈."

할아버지가 인사 대신 걸쭉하게 한마디 내뱉고는 작대기를 짚으며 종종걸음으로 사립문을 나섰다. 이제 곧 환갑을 바라보는데도 온 장을 돌아다닐 정도로 기운이 정정하시다. 모퉁이 길을 돈 할아버지의 모습이 사라진 뒤에야 추위에 호들갑을 떨며 건넌방으로 뛰어 들어갔다.

조금만 눈을 붙인다는 것이, 완연한 아침이 되어 까치가 짹짹대는 소리에 일어나고 말았다. 서둘러 학교에 가려고 보리밥을 물에 말아 후루룩 마시고는 책보를 챙겨 나왔다. 부드러운 쌀밥이 아니라 속이 영 더부룩했다.

동리를 거닐어 보니 오늘따라 산수유꽃이 깨알처럼 흐드러졌다. 길가에는 노란 복수초도 모양을 뽐내듯 고개를 들고 있었다. 노랑 일색인 경치에 붉은 동백꽃이 드문드문 자리 잡았다.

모퉁이를 돌아 구장 어른댁을 지나는 넓은 길에 들어서니, 어김없이 평상에 앉아 장기를 두는 어르신들이 보였다. 눈이 마주치자마자 먼저 인사드렸다.

"안녕하세유. 별일 없으시쥬?"

"이, 덕재여? 인제 학교 가는 겨?"

오늘도 네 분이 마주 앉아 대국을 벌이고 있었다. 농사일이 없으면 저물녘까지 장기만 두는 어르신들이었다. 나도 제법 기력이 늘었기에 감히 훈수라도 두어 보려고 가까이 달라붙었다. 허나 지켜 보아도 별 소득은 없었다.

"만날 장기만 두시믄 몸이 대간하지 않유?"

그중에 구장 어른인 완이 할아버지가 대답 대신 물었다.

"느 할아부지는 오늘 어데로 갔어?"

"삽교장 가셨는디 그나마 가찹지유."

그러자 다른 어른들도 한마디씩 했다.

"기여? 오늘이 벌써 초이레인감? 왜놈들이 싹싹 긁어 간 게 엊그제 같은디."

"글피가 공출(供出)이여! 오라질, 세월 드럽게 빨리 가네. 갈 놈들은 안 가고."

"완이 할아범이 힘 좀 써봐. 지난달에두 잘 막았잖어."

다른 어른의 넋두리에도 완이 할아버지는 장기짝을 만지작거리며 딴소리를 했다.

"허허 거참……, 이번에는 어째 수가 잘 안 나는구먼."

이마를 찌푸린 채로 입을 지그시 다문 완이 할아버지의 얼굴을 보니 그저 빈말이 아닌 듯했다.

동리 사람들이 '구장 어른'보다 '완이 할아범'이라고 부르는 데는 이유가 있었다. 다른 구장은 왜놈 편에 붙어서 동리 사람 등골을 빼먹는 데에 혈안이 되었지만 완이 할아버지만은 위험을 무릅쓰고 폭정에 맞섰다. 그런 완이 할아버지에게 왜놈이 붙인 '구장'이란 말은 어울리지 않았다.

한동안 침묵이 흐르니 더 이상 낄 데가 없었다. 어르신들의 뒤통수에 인사드리고 가던 길을 재촉했다. 고등보통학교까지는 십오 리쯤 떨어져 있었는데 근방의 보통학교에 비하면 꽤 걸리는 길이었다.

학교 가는 길에는 늘 도중도(島中島)를 지났다. 겨우내 얼어붙었던 큰 시냇물이 졸졸거리며 맑게 흘렀다. 걷다 보면 물길이 두 갈래로 나뉘는데, 그 사이에 터 잡은 섬이 도중도였다. 거기에는 존경하는 우의 선생님 댁이 있고, 나는 그곳의 야학을 다녔었다. 혹시 선생님이 계신가 하고 사립문에 고개를 내밀었다.

동시에 웬 조그만 목소리가 뒷목을 간질였다.

"덕이 오빠, 오늘도 도시락 안 싸가는 겨?"

다름 아닌 순이였다. 어릴 적부터 나와 한 동리 살던 사이다. 얼굴은 꾀죄죄해도 갈라 땋은 머리가 야무져 보였다. 나보다 한 살이 어려도 생각이 늘 대견한 데가 있는 아이였다. 하지만 마음과 달리, 오늘도 말이 엇나갔다.

"싸가든 말든 니가 뭔 상관이여?"

내가 쏘아붙였는데도 순이는 큼직한 눈을 수줍게 내리깔고는 보자기 꾸러미 하나를 내밀었다.

"아주매 없다고 배곯으면 못 써."

딱 보아 하니 자기 도시락이다. 형편이 박한 순이는 보통학교를 졸업하고도 진학을 하지 못해 우의 선생님이 운영하는 야학에 다니고 있었다. 그런 순이의 도시락을 달게 받을 수는 없었다.

"허, 요 기지배 봐라. 도망간 엄니 얘긴 왜 꺼내는 겨. 내 속 뒤집히라고?"

"아, 아니…… 그건 아닌디."

"자꾸 오지랖 부리지 말어. 한 번만 더 엄니 얘기하믄 확 패대기치는 수가 있어."

야멸치게 뿌리치고는 휙 돌아섰다. 기세에 눌린 순이는 찍소리도 못 하고 저만치 섰다. 이렇게 거절밖에 못 하는 내가 한심스럽지만 어쩔 수 없다. 지금껏 이게 순이를 대해 오던 방식이었으니. 오늘같이 쏘아붙이면 제아무리 순이라도 단단히 토라질 게 분명했다.

"학교 잘 댕겨와!"

그런데도 뒤통수에 대고 명랑하게 소리친다. 참, 속도 없는 계집애 같으니라고.

집을 나선 지 반 시간쯤 돼서야 학교가 보이기 시작했다. 상급생들이 쓰는 이 층 건물과 우리가 쓰는 단층 목조 건물이 긴 논두렁 길 끝에 자리 잡고 있었다. 흙길 옆으로 피다 만 유채꽃들이 어지럽게 늘어서 있었다.

교문에 거의 다다랐을 즈음이었다. 할머니 한 분이 무얼 살피는지 내가 지척까지 다가가도 학교만 바라본 채로 꿈쩍하지 않았다. 나는 곧장 누군지 알아보았다.

"단골할매!"

바로 단골할머니였다. 여기까지 올 일이 없는 분인데 이상한 일이다. 단골할머니는 내림굿을 받은 무당이라 동리에 우환이 있을 때 굿을 해 주고, 큰일을 앞두었을 때 성패를 판가름해 주는 분이었다.

"여까지 웬 일이유?"

뒤돌아선 단골할머니의 표정이 썩 밝지 않았다.

"고 참…… 이상혀. 이상하단 말여."

"뭐가유?"

"아무래도 기운이 이상혀. 동리에 뭔 귀신들이 이래 돌아다니는지 원."

"귀, 귀신이유?"

다른 사람도 아닌 단골할머니 입에서 나온 말인지라 눈이 번쩍했다. 단골할머니가 그렇다면 그런 것이다. 단골할머니는 학교를 쳐다보며 진중하게 말했다.

"특히 이 학교가 그려. 혹시 모르니께 니도 아무하고나 어울리지 말고 조심혀여."

괜스레 온몸이 오싹했다. 나는 불길한 기분을 떨쳐 내듯이 쏘아붙였다.

"아침부터 그게 뭔 말이유!"

혼자 중얼거리는 단골할머니를 뒤로 하고 학교 안으로 달음박질쳤다. 귀신이든 부랑배든 학교에 들어왔다만 하면, 나 한덕재가 흠씬 두들겨 내쫓을 테다.

오늘도 동무들이 콩나물시루처럼 빼곡했다. 이 좁은 교실에 책상이 예순 개가 넘으니 당연한 일이다. 뒷문에서부터 내 자리까지 파고들라 치면 여간 진이 빠지는 게 아니었다.

칠판 위의 붉은 원에 눈이 멈췄다. 보통학교 시절엔 저 동그랗고 붉은 것이 당연한 줄 알았다. 이제는 저것보다 아름답고 조화로운 내 나라 국기가 있다는 것을 안다. 작년에 우의 선생님에게 그리는 법을 배웠기에 똑똑히 기억한다.

자리에 앉자마자, 앞자리의 기남이가 기다렸다는 듯이 내게 매달렸다.

"흑흑, 덕재 엉아."

기남이의 왼쪽 눈이 퉁퉁 부어 있었다. 게다가 눈물 콧물이 흥건한 꼴이 누군가에게 호되게 당한 모양이었다.

"뭐여! 누가 그런 겨?"

"을 반에 익호가⋯⋯."

"뭐, 그 자식이 돌았나. 따라와!"

안 그래도 기분이 별로였는데 잘됐다. 익호는 덩치가 어른만 해 가지고 툭하면 우리 반 동무들을 때리고 다니는 녀석이었다. 급한 김에 책상 위로 날듯이 뛰어나왔다. 복도에서부터 조심스레 다가가 옆 반, 그러니까 1학년 을 반 교실을 들여다보았다. 익호가 책상에 다리를 꼬아 올리고는 제 동무들과 시시덕거리고 있었다. 그 꼴을 본 내 눈에 불길이 일었다.

"야, 이 오라질 놈아!"

책상 위로 뛰어가서 녀석의 얼굴을 냅다 발로 차 버렸다. 익호는 팔로 막아냈지만 의자째 뒤로 자빠지고 말았다. 나는 곧장 녀석에게 올라타 주먹으로 연신 내리쳤다. 익호가 손으로 머리를 감싸 쥐고 웅크린 채로 소리를 질렀다.

"윽, 악! 뭐여, 왜 그려!"

"몰러서 묻냐, 이 잡것아! 우리 반 동무들 건들지 말라고 했잖어!"

눈이 통통 부은 기남이가 어느새 뒤에 서 있었다. 그 모습을 살핀 익호가 나한테 사정하듯 말했다.

"억! 깜빡했어. 안 그럴게!"

나는 마지막으로 한 대 내리꽂고 일어섰다. 익호가 목을 부여잡고 바닥에 침을 흘리며 기침을 해댔다. 덩치는 산만 한 게 왜 까닭 없이 동무들을 괴롭히고 다니는지 모르겠다.

"가자, 기남아."

내가 절도 있게 돌아서자 기남이가 날 우러르듯 바라보며 따라왔다. 내 동무를 지켜낼 때 느끼는 기쁨이란 이루 말할 수 없다.

교실 뒷문에 들어서자마자 호통치는 어른의 목소리가 귓가에 파고들었다.

"덕재 이눔아, 수업 시간이 되기 전에 냉큼 앉아 있으라고 안 했느냐!"

어느새 담임선생이 들어와 있었다. 나는 재빨리 자리에 앉았다. 그런데 교탁 옆에 못 보던 남학생 하나가 수줍게 서 있었다. 왠지 여기 사람 같지 않게 용모가 굉장히 곱고 단정했다. 선생이 큰 목소리로 말했다.

"오늘 우리 반에 전학생이 왔다. 제군들도 입학한 지 얼마 안 됐으니 원래 같은 반 동무인 것처럼 친하게 지내거라. 그럼 자기소개하도록."

키가 멀대같이 큰 남학생이 선생의 손짓에 따라 교탁 위에 어정쩡하게 섰다. 그리곤 열없는 목소리를 냈다.

"저어, 한가람이라고 합니다. 그러니까, 경성에서 왔어요. 으음…… 앞으로 잘 부탁합니다."

희한하게도 나와 성씨가 같았다. 그런데 '가람'이란 이름이 영 생소한 느낌이었다. 주변에 그런 식으로 지은 이름을 못 봤기 때문이다. 나는 곧장 물어보았다.

"가람이면 강(江)이란 뜻이여?"

"어? 어……, 맞아."

가람이가 기어드는 목소리로 대답했다. 나는 골탕을 먹였다.

"그럼 '강'이라고 지으면 될 것이지 '가람'은 또 뭐여? 거렁뱅이여?"

내 말에 동무들이 크게 웃었다. 얼굴이 붉으락푸르락해진 선생이 날 노려보며 매섭게 소리 질렀다.

"예끼! 처음 본 동무에게 말버릇이 그게 뭐야. 이리 나와!"

난 여전히 실실 웃으며 당당히 교탁 앞으로 나갔다. 선생이 몽둥이를 들어 엉덩이를 치기 시작했다.

탁! 탁! 탁!

몇 대 안 맞을 줄 알았더니 열 대나 맞았다. 전학생한테 농을 던진 게 뭐 그리 큰 잘못이라고. 필시 평소의 내 모습이 탐탁지 않아 이러는 게 틀림없다. 겉으로는 아픈 내색을 일절 하지 않았지만 분한 마음에 이를 부드득 갈았다.

점심시간이 되면 나는 젓가락을 들고 다니면서 동무들의 도시락을 한 입씩 집어 먹었다. 그래서 귀찮게 도시락을 가지고 다닐 필요가 없었다. 나야 신입생 통틀어 주먹 대장이니 함부로 덤빌 동무도 없거니와, 우리 1학년 갑 반 동무들은 내가 보살펴 주니 밥 한 숟갈쯤은 얻어먹어도 되었다.

적당히 배불리 먹고서 물을 마시러 우물가에 나왔는데 가람이가 보였다. 녀석도 도시락을 안 가져왔는지 물을 벌컥벌컥 들이켜는 꼬락서니가 궁상맞아 보였다. 문득, 아침에 불려 나가 매를 맞은 기억이 떠올랐다.

"여어, 거렁뱅이!"

녀석이 날 보고 흠칫 놀라더니 꼼짝도 안 했다. 내 위세에 눌린 것이 분명하다. 건들건들 다가가 가람이 앞에 섰다. 허, 이 녀석 보기보다 키가 훨씬 크다.

"니, 몇 살이여?"

"열여섯 살……."

나보다 한 살 많았다. 어쩐지 키가 한 뼘은 크더라니. 가람이는 나와 마주 보고 있기가 어려운지 계속 주뼛거렸다. 사내 녀석이 살갗은 계집아이같이 곱고 앞머리로 이마를 덮은 모양이 꼭 기생 오라비 같았다. 요즘 경성에서는 다들 저러고 다니나?

가람이가 눈치를 보며 물었다.

"저어…… 덕재 맞지? 한덕재."

생각보다 머리가 좋은 녀석이다. 오늘 전학 와서 벌써 내 이름을 외우다니. 나는 고개를 삐딱하게 젖히고서 거드름을 피웠다.

"맞는디, 너 내가 누군지 알어?"

가람이가 꿀 먹은 벙어리마냥 아무 말도 못 했다. 그렇담 초장에 확실하게 새겨 줄 필요가 있다. 나는 녀석의 가슴을 손바닥으로 툭툭 밀쳤다.

"여어, 나로 말할 것 같으면 여기 주먹 대장이여. 나한테 잘못 걸리면 디지는 겨."

녀석이 잔뜩 움츠러들며 뒤로 밀려났다. 이러면 싸우지 않고도 내 밑으로 둘 수 있다. 그런데 가람이를 밀치던 손바닥에 뭔가 볼록한 감촉이 느껴졌다. 나는 곧장 녀석의 품에 있던 주머니를 집어냈다. 가람이가 몹시 당황하여 안절부절못했다.

"그거 가져가면 안 돼. 큰일 나!"

"큰일은, 염병."

주머니 안에는 굵고 거무튀튀한 사탕 같은 것이 여럿 들어 있었다. 즉시 한 알을 꺼내 입에 넣어 보았다. 짭짤하고 말랑말랑했다. 사탕도 아니고 떡도 아닌 것이 제법 먹을 만했다.

"이리 줘. 더 먹으면 안 돼!"

가람이가 겁에 질린 표정으로 애원했다. 나는 그 꼴이 재미있어 보여서 두 알을 더 꺼내 들었다.

"야아, 돌려 달라잖아!"

그때 앙칼진 여자애 목소리가 뒤통수를 후렸다. 돌아보니 같은 반 여학생 초희가 떡 하니 버티고 서 있었다. 검정 치마랑 흰 저고리에 어울리지 않게 눈을 번뜩이는 꼴이 꽤나 성가셔 보인다. 허, 이거 여자를 손볼 수도 없고.

초희는 딱 부러진 말투에 빛나는 눈 때문에 입학 첫날부터 기가 세 보이는 애였다. 자기를 '신여성'이라 했다는데, 누구도 논리 정연한 초희의 말에 토를 달지 못했다. 나 하고는 지금껏 부딪칠 일이 없었을 뿐이다.

"돌려주라고 했다!"

초희가 다시 나를 다그쳤다. 그 때문에 더욱 자존심이 발동했다.

"헤헤, 싫다면 우쩔 겨?"

나는 얄미운 웃음을 지어 보이며 사탕 두 알을 모두 입에 털어넣었다. 입 안 가득 우적우적 씹어 먹는 내 모습을 보고 가람이는 머리를 감싸 쥐었고, 초희는 무어라 알 수 없는 욕을 해 댔다.

"내 불쌍해서 돌려준다."

몇 알이 남지 않은 주머니를 가람이에게 휙 던졌다. 초희가 나를 흘겨보았다. 마음에 안 드는 녀석들을 한꺼번에 골탕 먹이고 나니 속이 다 후련했다.

"하이, 하이, 와카리마시타."

교실에 들어와 보니 담임선생이 일본인 교장과 대화를 나누고 있었다기보다는 무언가 지시를 받고 있었다. 고개를 숙이고 허리를 굽실거리는 모양이 영 별로였다. 입학한 지 얼마 되지 않았지만 같은 선생인데도 일본인 선생이 허리에 칼을 차고 다니며 조선인 선생을 종 부리듯 하는 모습을 자주 볼 수 있었다.

점심시간이 끝나자 운동장에서 놀던 동무들이 교실에 들어오기 시작했다. 아까 골려 주었던 가람이와 초희도 보였다. 그런데 둘이 언제 친해졌는지 살가운 표정으로 담소를 나누며 들어오고 있었다. 설마 나 때문에 서로 마음을 터놓은 겐가? 갑자기 속이 더부룩해지며 불편했다.

동무들이 모두 자리에 앉자, 담임선생이 험, 험 하며 헛기침을 하고서 크게 말했다.

"제군들에게 오늘 특별히 할 말이 있다. 여기에도 분명 해당하는 군이 있을 것인데, 앞으로 '윤우의'라는 작자가 운영하는 야학에는 절대로 나가지 말거라. 경찰서에서 불령선인*이라 못 박았단 말이다."

나는 흠칫 놀라 눈을 실룩거렸다. 내게 가르침을 주셨던 우의 선생님을 말하고 있었기 때문이다. 작년에 우의 선생님은 순사에게 끌려가 갖은 고초를 당하고 돌아왔다. 그 뒤로 왜놈들에게 일거수일투족을 감시당하기 시작한 것이다. 그것을 아는 내가 이대

---

* 불온하고 불량한 조선 사람이라는 뜻으로, 일제강점기 때 일본 사람들이 자기네 말을 따르지 않는 조선 사람을 이르던 말.

로 참을 수는 없었다. 곧장 일어나 큰 소리로 반박했다.

"우의 선생님은 훌륭한 스승입니다!"

내가 대들자 교실이 술렁거렸다. 담임선생이 흥분하여 고함을 쳤다.

"이놈! 네가 그 작자에게 홀려서 불량 학생이 된 것을 모르느냐!"

동무들이 찍소리도 못 한 채 나를 쳐다보았다. 내가 어떻게 나올지 불안해 하는 표정들이었다. 바람에 부딪힌 교실창이 드드드 흔들렸다.

나는 눈을 부릅뜨고 학교에 다니며 쌓인 불만을 한마디에 다 토해냈다.

"왜놈들에게 굽실거리는 선생님이야말로 불량 스승 아닙니까!"

순식간에 교실의 공기가 얼어붙었다. 날 가리킨 선생의 손가락이 벌벌 떨렸다.

"이놈! 덕재 너 이리 나와!"

선생이 몽둥이로 교탁을 쾅 내리쳤다. 나는 책보를 짊어지며 말했다.

"싫습니다! 오늘부터 학교 때려치울랍니다."

뒷문을 세게 닫고 뛰쳐나왔다. 혹여 누가 잡으러 올세라 냅다 달렸다.

들판을 따라 얼마나 뛰었는지 모른다. 숨이 턱까지 차올랐다.

먹은 것도 없는데 속이 더부룩한 게 힘들어 나중엔 걸었다. 한참이 지나서야 저 멀리 도중도가 나타났고 우의 선생님의 집이 보였다. 망설임 없이 개울을 건너 사립문을 열었다.

"어? 덕이 오빠!"

마당에 순이가 서 있었다. 책보를 짊어진 걸 보니 공부를 끝마치고 돌아가는 모양이다. 아침에 봤으면서 뭐가 그리 반가운지 화색이 도는 얼굴로 달라붙었다.

"아직 학교 끝날 시간 아니잖어?"

심경이 복잡한 마당에 순이의 말에 일일이 대꾸할 여유가 없었다. 나는 다짜고짜 사랑방 쪽으로 걸어갔다.

"선생님 안에 계신 겨?"

순이가 고개를 끄덕였다. 처마 밑에 '저한당(抯韓堂)'이라고 쓰인 현판이 보였다. 나는 대청마루 앞에 서서 큰소리로 기침했다. 우의 선생님은 곧바로 문을 열어 밖을 내다보았다. 그리고는 반가운 목소리로 인사했다.

"아니, 덕재 아니냐. 이 시간에 웬일이야."

나는 뒤에 우물쭈물 서 있는 순이에게 나가라고 손짓했다. 순이는 몇 걸음 걷고 뒤돌아보기를 거듭했다. 내가 눈을 부릅뜨고 쳐다보니 그제야 어기죽거리며 밖으로 나갔다. 순이가 완전히 사라진 것을 확인하고서야 대청에 걸터앉았다.

"선생님, 저 오늘 학교 관뒀슈."

우의 선생님이 궁둥이가 닿을 정도로 옆에 바짝 다가와 앉으며 말했다.

"저런, 왜 그랬어?"

"학교서 여기 오지 말라고 으름장을 놓잖유. 그래서 대판 싸우고 나왔슈."

"나야 늘 감시당하는 처지니 그렇다지만, 네가 학교를 관두고 나올 건 또 무어냐."

나는 발끝으로 마당의 흙을 직직 비벼 댔다.

"원래부터 다니기 싫었슈. 왜놈 교장이 이래라저래라 훈계하는 것도 싫구유."

우의 선생님이 살가운 표정을 거두었다.

"덕재야, 관두면 모든 게 해결되느냐."

무슨 말인지 몰라서 눈만 끔벅거렸다. 우의 선생님이 한마디를 덧붙였다.

"네가 학교를 관두면 세상이 변하냔 말이다."

가슴을 파고드는 선생님의 저 말투는 도무지 거스를 수가 없다. 나는 기어들어가는 목소리로 조심스레 물었다.

"저 낼부터 다시 여기루 다니믄 안 돼유?"

우의 선생님이 고개를 설레설레 저었다.

"내일 학교에 가서 잘못했다고 빌어라."

잘했다고 할 줄 알았는데 뜻밖이었다. 나는 우의 선생님에게 따져 들었다.

"왜유? 선생님도 보통학교 다니실 적에 왜놈들이 싫어서 뛰쳐나왔잖유."

일부러 선생님의 과거를 들추어내었다. 선생님은 어릴 적 별명이 살쾡이였을 정도로 성질이 사납고 평판이 좋지 않았다고 했다. 그런데도 선생님의 얼굴은 천연하기 그지없었다.

"그때는 서당이라도 있으니 다행이었지. 요샌 거의 간이학교로 바뀐 걸 모르느냐. 네 학교와 별반 다르지 않을 게야."

"끄응······."

내가 못마땅한 신음을 내자, 우의 선생님이 달래기 시작했다.

"큰마음 먹고 진학했으니 조금 참고 견뎌라. 그래야 무슨 일이든 도모할 수 있지 않겠느냐. 거기서 잘못 배워 온 것은 내가 바로잡아 줄 터이니."

아무리 성질이 괄괄한 나라도 지금껏 우의 선생님의 말씀을 거슬러 본 적이 없었다. 그만큼 우의 선생님은 동리 사람들이 따르고 존경하는 분이다.

"알았슈······."

내가 고개를 푹 숙이자, 우의 선생님이 내 어깨를 토닥이며 웃었다. 그와 동시에 용순 사모님이 찐 고구마와 동치밋국을 소반에 내왔다.

"새로운 동무는 좀 사귀었니?"

사모님의 물음에 오늘 전학 온 가람이가 문득 생각났다.

"안 그래도 오늘 경성에서 전학 온 애가 있슈. 근디 애가 좀 이상허유."

"무엇이 이상한데?"

"우리 같이 머리를 빡빡 밀지두 않았구유, 벌써부터 구두를 신더라구유."

그러자 우의 선생님이 손뼉을 탁 치며 밝게 웃었다.

"옳거니, 신식 가정의 자제인가 보구나."

"신식 가정이유?"

"그래. 천안에만 가도 그런 집안이 있는데, 우리 동리에도 슬슬 오는 모양이구나. 덕재야, 그 애와 살갑게 지내렴. 아마 배우고 얻는 것이 상당할 게야."

"내 보기엔 기생오라비 같더만……."

나는 가람이의 얼굴과 품새를 떠올리고는 영 가소로워 혼잣말을 했다. 처음부터 마음에 들지 않는 녀석이라 잔뜩 골탕 먹였는데, 먼저 다가가면 꼴이 우스울 것 같았다. 생각에 빠져 있던 중에 우의 선생님이 뜨끈한 고구마를 내밀었다.

"하나 들거라. 배고프지 않니."

"아, 아니유. 배부른디……."

예의상 하는 말이 아니었다. 이상하게도 점심 이후로 배가 고파오기는커녕 점점 속이 더부룩한 게 불편했다. 체한 것 같은데 무얼 잘못 먹었는지 모르겠다.

"그럼 시원하게 동치밋국이라도 들이켜 보거라."

갈증을 느끼던 차라서 "예." 하고 두 손으로 받아 들어 꿀떡꿀떡 국물을 삼켰다. 속이 불편할 땐 아무래도 동치밋국만 한 게 없기 때문이다.

그런데 시간이 조금 지나자 이상해졌다. 배에서 꾸르륵 소리가 심히 울리더니 창자가 부풀어 오르는 느낌이 들었다. 점점 더 참기가 어려워졌다. 결국,

"구웨엑!"

대번에 우의 선생님 댁 마당에다 잔뜩 토하고 말았다. 용순 사모님이 화들짝 놀라 냉수 한 사발을 떠 왔다. 나는 역한 냄새를 없애고자 물을 들이켰다. 그런데,

"구웨에엑!"

사발을 내려놓자마자 다시 토하고 말았다. 짙은 회색의 토사물이었다. 우의 선생님이 눈을 휘둥그레 뜨며 등을 두들겨 주었다. 참말로 하늘이 누렇게 보였다.

눈치 없는 조상님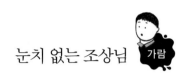

아, 골치 아프다. 한 알만 먹어도 배부른 푸드 캡슐을 세 알이나 뺏어 먹다니. 아마 물을 마시는 순간부터 지독한 구토와 설사가 시작될 거다. 그래서 먹지 말라고 말린 건데…….

진짜 골치 아픈 건 따로 있었다. 만약 덕재가 잘못되기라도 하면 나도 끝장이다. 인정하긴 싫지만, 불량스러운 덕재가 나의 고조할아버지이기 때문이다.

애초부터 신상을 파악하고 이 학교로 전학 왔지만 조상님이 이렇게까지 구제 불능인 줄은 몰랐다. 처음 보자마자 내게 시비를 거는데 정말로 황당했다. 아빠를 봐서 점잖을 줄 알았더니 완전히 딴판이다.

초희가 나서 주지 않았다면 나머지 푸드 캡슐도 덕재에게 전부 빼앗겼을 것이다. 물론 그런 상황이 되면 나도 가만히 있지 않았겠지만, 초희 덕분에 고조할아버지와 싸우는 황당한 일을 피할 수 있었다.

덕재가 교실을 뛰쳐나간 뒤로 담임이 어찌나 화가 났던지 조금만 잘못해도 사정없이 몽둥이찜질을 했다. 옛날의 학교는 체벌이 심했다고 듣긴 했지만 직접 겪고 할 말을 잃었다. 한 명만 잘못해도 전체가 매를 맞는 경험이란 정말 끔찍했다.

세 시쯤 되어 모든 수업이 끝났다. 초희와 가는 방향이 같아서 우린 함께 걸었다. 아까 초희가 덕재에게서 날 구해 줬던 덕분에 짧은 시간치고 꽤 친해졌다. 초희는 조신한 저고리가 별로 어울리지 않는 여자애였다. 쉴 새 없이 수다를 떨고 있는데, 아까부터 뭐가 그리 궁금한지 나에 대한 걸 꼬치꼬치 캐물었다.

"가람이는 뭘 먹고 그렇게 키가 훌쩍 컸니?"

"밥 먹고 컸지 뭐."

시답잖은 질문에 그야말로 시답잖은 답이었다. 초희는 여전히 웃음을 띠었다.

"네 이름 정말 독특하긴 해. 순수한 한글 이름이라니. 나도 경성 출신이지만 그런 이름은 들어 본 적이 없어."

나는 흠칫 놀랐다. 초희는 나와 달리 진짜로 경성에서 살았던 모양이다. 잘못하면 거짓말이 들통날 수도 있었다. 나는 적당히 얼버무렸다.

"찾아보면 종종 있어. 우리 아빠가 미국 유학파라서 성격이 개방적이시거든."

초희가 눈을 반짝거렸다.

"와, 아버님이 미국도 다녀오셨어? 지금은 뭐 하시기에 그러니?"

"의사……."

일부러 단답형으로 말했다. 질문이 꼬리를 무니 잘못하면 내 신상이 드러날지도 몰라서였다. 초희가 눈을 이리저리 굴렸다.

"의사? 외국에서 온 의사는 배 가르고 마법도 부린다던데, 그 뭐냐……."

"수술."

"맞아! 그런 일 하시니?"

"아니. 우리 아빠는 돌림병을 치료하는 분이야."

"오호호, 그래? 내가 동무 하난 잘 뒀네. 나중에 아프면 찾아가도 되지?"

단답형으로 말해도 소용이 없다. 이제 초희의 수다를 막는 것은 거의 포기했다. 얼핏 보면 도도하고 새침데기 같은 얼굴인데 어디서 저런 쾌활함이 나오는지 신기하다.

나는 초희가 웃고 떠드는 말에 조용히 고개만 끄덕이며 호응했다. 말을 아끼려는 목적도 있었지만, 초희의 간드러진 목소리 때문에 길거리에서 사람들이 우리를 빤히 쳐다보는 게 창피해서였다. 여러 이야기를 한참 듣다 보니 어느새 마을에 다다랐다. 초희가 인사를 건넸다.

"말동무가 있어서 금방 왔네. 우리 집은 저쪽이야. 내일 봐!"

"그래. 조심히 들어가."

손을 흔들어 주고 헤어졌다. 여기서부터 우리 집까지는 한참 더 걸어야 했다.

길거리엔 이름 모를 꽃들 천지였다. 나뭇가지에 깨알처럼 붙어 있는 노란 꽃이나 길옆에 조그맣게 핀 꽃도 정체를 알 수 없었다. 둥글고 붉은 저 꽃은 미래에서도 본 적이 있는 것 같은데 도무지 이름이 생각나지 않았다. 한 폭의 그림과 같은 풍경이었지만 꽃에 대해 아는 게 없어 입맛만 다실 수밖에 없었다.

모퉁이를 돌아 제법 넓은 길에 다다르니 평상 위에 앉아 있는 노인들이 보였다.

"허허, 장군이여!"

지나갈 때마다 보면 저러고들 있던데 지겹지도 않은가 보다. 나는 장기 같은 건 둘 줄 모르기 때문에, 흘끔 쳐다보고 휙 지나쳤다. 그런데 내 뒤통수로 이런 말들이 날아들었다.

"싸가지 없는 녀석이구먼. 으른을 봤는디도 인사를 안 혀."

"덕재 삘인 것 같은디, 뉘 집 자식이여?"

"이번에 개원한 의원 집 있잖어. 그 집 아들내미랴."

"아 그 뭐냐, 사람 피를 막 뽑아 재낀다는 그 집인감?"

미간이 저절로 찌푸려졌다. 짜증 나게 여기 사람들은 알지도 못하는 사람한테 왜 그리 이러쿵저러쿵 말이 많은지 모르겠다. 미래와 다르게 길거리를 돌아다니면 사람들이 불쾌하게 대하는 경우가 많았다. 내 얼굴에 뭐라도 묻은 것처럼 빤히 쳐다보거나 말을 툭 던질 때가 그랬다. 이번에도 무시하고 넘겼지만 신경질이 났다.

투덜거리다 보니 집이 보였다. 우리가 사는 곳은 평범하고 조촐한 초가집이었는데 작년까지 사람이 살다가 비운 집을 아빠가 얻어 냈다. 처음엔 벌레가 자주 보이고 쥐도 있어서 기겁했지만 이제 조금씩 적응되는 중이었다.

"저 왔어요."

"거기 주삿바늘 조심해라."

학교 다녀온 나를 반겨 준 건 가지런히 담긴 혈액 샘플이었다. 하지만 개원한 지 이 주가 지난 것치고는 많지 않은 편이었다. 지금 손님이 하나도 없는 모습만 봐도 알 수 있었다. 아빠는 그동안 콧수염과 턱수염을 길러서 제법 선비 같은 기품이 흘렀다. 나는 가방을 내려놓으며 물었다.

"여기 사람들 피로는 항체가 잘 만들어져요?"

아빠는 휴대용 원심분리기에 혈액 시험관을 넣으며 말했다.

"항체는 예상대로 만들어지는데, 시간이 좀 더 걸리겠어."

"왜요?"

"다른 혈액형도 많이 부족하지만, 특히 AB형을 가진 사람이 안 보이거든."

한숨이 나왔다. 내가 AB형이기 때문이다. AB형 혈액을 얻어야 동일한 혈액형의 바이러스 감염자를 치료하는 일이 가능했다.

"찾아보면 어딘가 있지 않을까요?"

"있긴 하겠지. 문제는 환자도 별로 없을 뿐더러, 피를 뽑겠다고 하면 지레 겁먹고 돌아가는 사람이 대부분이라는 거야."

"마을에 전염병이라도 퍼지면 손님이 엄청나게 몰려들 텐데요."

"그런 말 하면 못써."

"농담이에요, 농담."

아빠는 이 시대에 주로 유행했던 전염병의 백신을 여러 종류 챙겨 왔다. 마을에선 우리 집이 고뿔 하나는 제대로 다스린다며 입소문이 나기 시작했다. 하지만 이곳 사람들이 피 뽑는 걸 굉장히 불길하게 여기는 탓에 채혈하는 데에는 큰 어려움을 겪었다. 그 때문에 마을에서는 아빠에 대한 안 좋은 소문도 함께 퍼졌다.

아빠는 건강한 면역 혈청을 혈액형별로 백 인분씩 확보하는 것을 목표로 삼았다. 다른 혈액형도 얼마나 구해질지 모르지만, 현재로써는 AB형 피가 제일 절실했다. 어떻게 하면 손님을 더 모을 수 있을까?

전학 온 지도 벌써 며칠이 지났다. 그사이에 나는 우리 집에서 가까운 뒷산의 경치가 제법 괜찮다는 걸 알았다. 마을의 전경이 한눈에 들어왔는데, 일본의 리플렉터를 탐색하려고 전파탐지기를 돌릴 만한 곳을 찾다가 발견했다. 높은 곳일수록 탐지 범위가 넓어진다고 했으니까.

매일 해 질 무렵이면 뒷산에 올라와 전파탐지기를 켜놓고 나만의 자유를 만끽했다. 멀리 부드러운 능선과 계단식 논이 있었고, 밑으로 드문드문 자리한 초가집이 소박하고 평화로워 보였다. 누가 말해 주지 않으면 지금이 일제강점기의 암울한 현실에 놓여 있다는 사실도 모를 정도였다.

나는 노을 진 풍경을 바라보며 음악을 들었다. 바람이 제법 쌀쌀했지만 컨디셔닝 셔츠를 입고 있었기에 그다지 문제가 되진 않았다. 이어폰에서 내 귀로 울려 퍼지는 21세기의 음악만이 내가 미래에서 왔다는 사실을 일깨워 주었다.

Yeah, Yeah, 붉은 하늘에 네 몸을 던져 봐 Yo
마음이 답답하면 이 순간 소리 질러 say ooh!
흘러가는 세상 속에 그대는 어디 있나 Yo
알고 싶나 그대, 지금 크게 소리 질러 say ooh!

내가 좋아하는 가요 중 하나다. 예전엔 공부하면서 별생각 없이 듣던 노래인데 여기서 들으니 왠지 가슴이 뛰었다. 노랫말이 자꾸 내 마음을 두드렸다.

"아아악!"

노래 가사처럼 있는 힘껏 소리를 질러 봤다. 기분이 한결 후련해졌다. 나도 모르게 악쓰는 걸 보고 스스로 놀랐다.

엄마에게 리플렉터를 타고 1932년으로 간다는 말을 못 한 것이 마음에 걸렸다. 떠나기 전날 밤, 집으로 전화를 걸어 가족의 건강한 목소리를 들은 것만으로 만족해야 했다. 한 바이러스로부터 안전하려면 집에도 방역 시스템이 있어야 한다. 그러려면 이곳에서 리플렉터를 찾아내는 수밖에 없다.

나는 매일 전파탐지기를 켜놓고 살펴보았다. 일본의 리플렉터를 찾아 귀환 버튼을 누르기만 하면 된다. 그러면 방역 시스템은 물론 장래도 보장될 거라고 변 차장이 약속했다. 하지만 벌써 이주가 넘도록 아무런 신호가 감지되지 않았다. 아빠에게도 비밀이라 넋두리를 늘어놓을 수도 없었다.

내가 의지하려 했던 조상님 덕재는 오늘도 학교에 나오지 않았다. 진짜로 학교를 때려치운 건지, 아니면 내 푸드 캡슐을 뺏어 먹고 앓아누운 건지 알 수 없었다. 어차피 처음 대면하고 나서 도움을 요청하고 싶은 생각이 싹 사라졌지만.

학교에서는 내 이질적인 외모와 분위기 탓에 급우들 대부분이 거리를 두었고, 살갑게 대해 주는 친구는 초희가 유일했다. 요 며칠 학교로 오가며 대화를 나눴는데 생각보다 말이 잘 통했다.

초희는 나와 달리 진짜 신식 가정의 딸이었다. 보통 학생과는 옷매무새나 말투도 달랐고, 사고방식이나 생각도 훨씬 열려 있었다. 다른 급우들에게 느껴지는 두꺼운 벽이 초희에게는 없었다. 게다가 초희도 말이 통하는 친구가 나뿐이라며 매일 같이 달라붙는데, 다른 남학생들에게 부러움을 사는 기분 또한 나쁘지 않았다. 미래에도 초희처럼 말이 잘 통하는 여자애가 하나쯤 있으면 얼마나 좋을까.

눈에 비친 붉은 노을이 유난히 흥을 돋웠다. 오랜만에 어깨를 들썩이며 음악에 심취했다. 그래 까짓것, 남들은 돈 주고도 하지 못할 시간 여행을 하러 왔다고 생각하면 그만 아닐까. 이 상황을 긍정적으로 즐기자.

그러던 어느 순간이었다. 누군가 갑자기 오른쪽 이어폰을 뽑으며 소리쳤다.

"아, 사람이 부르면 대답 좀 혀!"

나는 화들짝 놀라 본능적으로 허리춤의 스턴 건에 손을 댔다. 위를 올려다보니 빡빡머리 소년이 사나운 눈매를 하고 서 있었다. 다름 아닌 덕재였다.

큰일이다! 이곳 사람에게 이어폰을 보여 주면 안 되는데. 아니나 다를까, 덕재가 이어폰을 자기 귀에 가져다 대었다. 음악을 끄려 했지만 이미 늦었다.

"어! 여기서 이상한 소리가 나는디?"

덕재가 눈을 동그랗게 뜨고서는 무언가에 홀린 것처럼 잠자코 듣고 있었다. 이 순간에 나는 재빨리 머리를 굴렸다. 당황한 모습을 보이거나 화를 내면 더 수상해 보일 것이다. 나는 최대한 당당한 목소리로 꾸며서 말했다.

"이어폰 처음 봐? 그거 미국 거야."

"기여? 이게 말로만 듣던 미제여?"

잘난 척한다고 화낼 줄 알았는데 덕재는 의외로 순진하게 감탄했다.

"미제 아니랄까 봐 꼬부랑말 엄청 나오네. 시방 이것이 뭔 장단인 겨?"

우리말이 더 많기는 한데 빠른 랩이라서 못 알아듣는 것 같았다. 나는 대답 대신에 덕재의 눈치를 살폈다.

"내가 여기 있는 거 어떻게 알고 왔어?"

덕재가 나를 빤히 쳐다보았다.

"어떻게 알긴, 니가 여서 고함쳤잖어."

아, 맞다. 마음이 답답해서 소리를 질렀었지. 결국 스스로 덕재를 부른 셈이었다. 나는 덕재의 자리를 만들어 주며 물었다.

"그동안 학교에는 왜 안 왔어?"

덕재가 내 옆에 털썩 앉았다.

"아유, 말도 말어. 그끄저께부터 토악질에 설사까정…… 디지는 줄 알었어."

역시 내 예상대로였다. 하여간 먹지 말라는 푸드 캡슐을 뺏어 먹더니 고생을 꽤 한 모양이다. 덕재가 무사한 걸 보니 마음이 놓이고 통쾌하기도 해서 킥킥 웃었다. 그러자 덕재가 쏘아붙였다.

"왜 웃는 겨. 암만 생각해두 잘못 먹은 건 니가 준 사탕밖에 읎는디."

"내가 언제 줬어? 네가 뺏어 먹었지. 그건 사탕이 아니라 변비약이었다고."

푸드 캡슐의 정체를 말해 줄 수 없어서 태연히 둘러대었다. 한번 속이기 시작하니 거짓말이 술술 나왔다. 이제야 변 차장에게 받은 보안 교육의 효과가 나오는 걸까.

"신식 가정이라더니……. 별의별 희한한 물건을 다 가지구 다니네. 니네 집 디게 뼈대 있는 가문인가 부다."

고조할아버지인 덕재에게 '뼈대 있는 가문'이란 말을 들으니 기분이 묘했다. 또 웃음보가 터지려는 걸 겨우 참았다.

처음으로 덕재와 많은 이야기를 나누었다. 덕재는 며칠 전에 처음 만났을 때의 태도와 달리, 오늘은 작정이라도 한 듯이 유순하게 굴었다. 그 사이에 무슨 심경의 변화가 있었는지 모르겠다.

일본에 관한 이야기가 나올 때는 덕재가 몸을 부르르 떨며 욕을 해 댔다. 경성의 소식과 신식 문화 이야기를 할 땐 눈을 반짝이며 이야기에 빠져들었다.

어느덧 해가 져서 어둑해졌다. 산과 땅의 경계가 희미해졌을 때쯤에야 우리는 내려오기 시작했다. 땅거미가 진 산길은 적막했고, 저 멀리 보이는 초가집의 굴뚝에서 연기가 올라오고 있었다.

아우우우.

먼 산에서 늑대 울음소리도 들려왔다. 그러고 보니 이 시대엔 늑대가 살고 있다는 사실을 깜빡했다. 해 질 무렵에 울려 퍼지는 소리가 의외로 운치 있었다.

"늑대 울음이 생각보다 듣기 좋네."

아무 생각 없이 말했더니 덕재가 대뜸 물었다.

"니는 저 소리가 좋게 들리는 겨?"

영문을 몰라 대답을 못 했다. 덕재가 먼 곳을 바라보며 말했다.

"난 말이여. 저 울음이 죽은 제 식구 부르는 비명으로 들리는구면. 왜놈들이 죄 잡아다 씨를 말려 놨거던. 두고 봐, 고것들 나중에 필시 천벌 받을 겨."

덕재의 울분이 서린 말투에 무어라 해 줄 말이 없었다. 내가 살던 곳에는 늑대가 멸종되고 없었는데 웨어컴으로 그 이유를 검색해 봐야겠다는 생각이 들었다. 우리는 한동안 말없이 걸었다.

한참 뒤, 덕재가 난데없는 말을 꺼냈다.

"가람아 니네 집에 놀러 가 봐도 뎌? 지금 당장 말여."

갑작스러운 부탁에 당황스러웠다. 이곳 사람은 남의 집 가는 것에 아무런 부담이 없는 걸까. 나는 난색을 표했다.

"글쎄…… 늦게 들어가면 너희 집에서 걱정하잖아."

"괜찮아. 할아부지가 집을 자주 비워 놔서, 거의 홀로 사는 신세여."

아, 정말 곤란한데. 내 조상님 덕재는 확실히 눈치가 없었다. 이렇게 어려워하는 모습을 보이면 알아서 부탁을 그만두는 게 상식 아닌가.

재빨리 머리를 굴렸다. 집을 보여 줘도 괜찮은가? 정체를 들킬 만한 건 없나? 오늘 거절한다고 해도 다음에 또 부탁하겠지?

"그래, 뭐. 한 번 같이 가 보자."

긴 생각 끝에 가까스로 승낙했다. 어쩌면 덕재가 아빠에게 혈액을 제공해 줄지도 모르니까. 조상님을 데리고 가면 아빠가 어떤 표정을 지을지 궁금했다.

신식 물건과 아까운 피

성공이다. 가람이 녀석, 내가 말동무 해 주니 무척이나 좋아한다. 내친김에 녀석의 집을 구경하고 싶은 마음이 들었다. 가람이는 이리저리 재 보는 듯하더니 어렵사리 승낙했다. 기생오라비 아니랄까 봐 괜히 한번 내빼는 척을 한다.

우의 선생님은 가람이가 타향살이하느라 외로울 거라고 말씀하셨다. 그러니 친하게 지내면서 신식 가정의 선진 문물을 배우라고 했다. 아까 처음 다가갈 때만 해도 영 내키지 않았는데 녀석의 신기한 물건을 보자마자 마음이 바뀌었다.

녀석은 시종일관 도도한 품새였다. 아무한테나 신식 물건을 보여 주지 않으려는 태도가 나를 자극했다. 그래서 집에 놀러 가겠다고 조른 것이다.

동리에 다다랐을 때는 완전히 어두워졌다. 경칩이 지난 지 오래건만 저녁 바람이 무척 쌀쌀했다. 나는 몸이 저절로 움츠러드는데 가람이를 보니 어깨를 펴고 걸었다. 곱상하게 생겨 가지고 추위를 잘 버티는 비결이 궁금했다.

"여어, 니는 안 추운 겨?"

"어? 어…….."

녀석이 얼떨떨하게 대답하는 꼬락서니를 보니 뭔가 숨기는 데가 있다. 집에 가면 샅샅이 파헤쳐 볼 요량이었다.

구장 어른, 아니 완이 할아버지 댁을 지나는데 가람이가 나뭇가지에 손을 뻗어 붉은 꽃을 하나 꺾어 왔다. 그리고 그걸 내게 보여 주며 물었다.

"혹시 이게 뭔지 알아?"

"뭐여, 여태 그것도 몰러? 동백꽃이잖어."

가람이가 머리를 긁적였다.

"몇 번 봐서 알고는 있었는데 이름이 생각나질 않아서."

겉모습만 봐선 뭐든 해박할 것 같이 생겨 가지고 동백꽃 이름도 까먹다니. 보기보다 실한 구석이 없는 녀석이다. 경성에서 꽃구경도 제대로 못 한 모양인데 앞으로는 '경성 촌놈'이라고 불러야겠다.

"덕재야, 덕재야아!"

얼마 지나지 않아 누군가 나를 크게 부르는 소리가 들렸다. 살

퍼보니 저 멀리서 단골할머니가 손짓을 하고 있었다. "예!"하고 그리로 잽싸게 달려갔다. 단골할머니는 중대한 일이 아니면 사람을 불러 세우는 법이 없다.

단골할머니는 멀찍한 곳에 가람이가 우두커니 서 있는 걸 보고는 낮은 목소리로 호령했다.

"이눔아! 내가 접때 조심하라고 혔잖어. 하필이면 왜 저런 놈하고 어울리는 겨."

"가람이가…… 뭐 어때서유?"

단골할머니가 성난 승냥이같이 인상을 잔뜩 쓰고는 더욱 낮은 목소리를 냈다.

"니는 저 집 소문도 못 들었어? 사람들을 죄 불러다가 피를 뽑는댜! 세상천지에 그런 조화가 어데 있어. 필시 귀신이 둔갑한 게 아니고 뭐냔 말이여."

용하다고 소문난 단골할머니 말씀이다 보니 움찔했다. 하지만 곧장 우의 선생님이 일전에 해 준 말씀을 떠올렸다.

"신식 문물은 놀라운 게 한둘이 아니란다. 예전에 서양 의원이 복통을 다스리는 걸 본 적이 있지. 갑자기 칼로 옆구리를 째기에 사람을 죽이나 싶었는데 되레 말끔히 고쳐 내더구나."

가람이를 보아하니 아무래도 귀신같지는 않고, 그 집 의원이 피를 뽑는다면 뭔가 이유가 있지 않겠는가. 나는 이렇게 결론짓고 말대꾸를 했다.

"병을 다스리는 새로운 기술인가 보쥬."

"기술은 무신……. 수작이여, 수작!"

단골할머니가 왜 이리 역정을 내는지 생각해 보니 짚이는 데가 있었다. 가람이네 의원 집에 가는 환자가 늘어날수록 단골할머니를 찾는 사람이 줄어들 게 자명하기 때문이었다. 여기까지 생각한 나는 실실 웃음이 나왔다.

"요새 굿판이 줄어서 힘들어유?"

"예끼, 이눔아! 당치도 않은 소릴……."

표정을 보니 내 말이 맞구먼. 일전에는 동리 사람이 고뿔에 걸리면 단골할머니를 찾았는데 요새는 가람이네 의원으로 가니 심통이 든 게 분명했다.

단골할머니는 다시 으름장을 놓았다.

"조만간 저 의원네 절단 낼 겨. 니는 몸조심이나 혀."

내가 몸조심을 하면 한덕재가 아니지. 단골할머니와 더는 언질을 주고받기 싫어서 그러마고 고개만 끄덕이고는 뒤돌아섰다.

다시 가람이가 있던 데로 뛰어와 보니 익숙하고 간드러진 여자 목소리가 들렸다. 다름 아닌 초희였다. 요것이 그새 나타나 가람이와 환담을 하고 있었던 모양이다. 콧소리를 섞어 까르르 웃는 꼴을 보니 괜스레 부아가 치밀었다.

"춥다. 얼른 가자."

나는 초희에게 아는 척도 하지 않고 가람이를 재촉했다. 그러자 초희가 맹랑한 목소리로 물었다.

"너 지금 가람이네 집으로 놀러 간다며. 나도 같이 가면 안 돼?"

가람이의 낯을 보니 곤란해 하는 기색이 역력했다. 내가 대신 나서서 말렸다.

"여자가 밤에 쏘다니는 버릇하면 안 뎌."

초희가 눈을 번뜩이며 따져 들었다.

"우리 집은 그런 거 상관없거든! 그리고 여자가 밤에 다니면 왜 안 돼?"

허, 듣던 것보다 훨씬 성깔 있는 계집애다. 나도 눈에 힘을 주며 맞섰다.

"기지배가…… 한마디를 안 질라고 허네. 너 그리 당돌하믄 못 써!"

"웃기시네. 못 쓰긴 뭘 못 써?"

이젠 숫제 팔짱을 끼고 나를 비웃는 모양에 부아가 치밀었다. 내가 더욱 소리를 높이려던 찰나, 가람이가 막아섰다.

"그만, 이제 그만 싸워. 초희도 같이 가면 되지."

가람이의 결정에 초희가 기세등등해져서는 샐쭉거리며 혀를 내밀었다. 저 말라깽이 계집애, 평소 같으면 아주 한 방에 요절을 냈을 텐데 신식 동무와 친하게 지내라는 우의 선생님의 말씀이 떠올라 꾹 참았다.

"아빠, 저 왔어요. 친구도 데려왔는데."

가람이가 집에 들어서며 이렇게 인사했다. 신식 가정이라 그런지 살림살이만큼이나 인사도 무척 단출했다. 내가 할아버지한테 "저 왔슈."라고 인사했다간 엄청 혼날 텐데.

"너희도 같이 왔니? 가람이가 그새 친구를 많이 사귀었나 보네."

가람이네 아버님은 보기 드물 정도로 테가 얇은 안경을 쓰고 있었다. 얼굴에 잡티가 없고 인상이 말끔한 게 신식 집안의 어른다운 귀티가 좔좔 흘렀다.

가람이가 우리를 소개해 주었다.

"얘는 초희인데요. 경성에서 살다 왔대요."

"안녕하세요."

"오, 그래. 네 얘기 들었다. 예뻐서 남학생이 많이 따르겠구나."

"아이 별로 그렇지 않아요."

가람이 아버님의 칭찬에 초희가 오호호 웃으며 겸양을 떨었다. 암만 봐도 예의상 하는 말 같은데 얼굴까지 발그레하며 좋아하는 모양새가 영 꼴불견이었다. 그런데 가람이는 어째서 초희부터 인사를 시키는 걸까. 그게 상당히 못마땅했다. 가람이가 아버님과 나를 번갈아 살피며 눈치를 보더니 조심스럽게 입을 열었다.

"그리고…… 얘는 덕재라고 해요. 한. 덕. 재."

아버님에게 똑똑히 들으라는 듯 내 이름 석 자를 또박또박 일러 주었다. 그런데 놀라운 일이 벌어졌다. 갑자기 가람이 아버님이 내게 정색하며 고개를 푹 숙여 인사하는 것이 아닌가!

"처음 뵙겠습니다."

신식 집안의 인사 예절은 도무지 종잡을 수가 없다. 어른이 내게 이러는 경우를 본 적도 없거니와, 너무 남세스러워서 마당에 넙죽 엎드려 큰절을 올렸다.

"아이구우, 지가 다 황송해유!"

가람이가 혼자 킥킥거렸다. 나는 일어나서 먼지를 툭툭 털며 조심스럽게 눈치를 살폈다. 가람이 아버님은 여전히 깍듯한 표정을 거두지 않았다. 이내 방을 가리키며 안내했다.

"그럼 이쪽으로 들어가서 쉬세…… 아니, 쉬어라."

아까 내 이름을 들은 뒤부터 가람이 아버님이 말도 더듬고 쩔쩔매는 게 이상했다. 원래 초면에 말을 못 놓으시나? 나와 초희는 방으로 들어왔다. 가람이는 마당에서 아버님과 속닥속닥 이야기를 나누고 있었다.

"으음, 약품 냄새. 서양 의원 집 아니랄까 봐 양약 냄새가 진동하네."

초희가 천장과 벽을 휙 둘러보며 한마디 했다. 얘기를 듣고 보니 그제야 냄새가 신경 쓰였다. 무언가 긴장을 불러일으키는 듯한 향이었다. 그에 못지않게 좁은 방에 물건을 켜켜이 포개 놓은 모양도 낯설었다. 조금 숨 막히는 느낌이다. 한창 둘러보는 중에 가람이가 문을 열고 들어왔다.

"너희 둘 다 밥 안 먹었지? 오늘 특별히 아빠가 저녁 대접한다 니까 먹고 가."

"와, 잘됐다. 고마워!"

초희가 방긋 웃으며 좋아했지만 나는 어안이 벙벙했다. 다 큰 남자가 부엌에서 상을 차린다는 것이 상상이나 될 일인가. 우리 할아버지라면 어림도 없는 일이다. 그런데 가람이와 초희가 당연 하게 여기는 것을 보니 왠지 나만 다른 세상 사람이 된 기분이었 다. 어울려서 배우라는 우의 선생님의 말씀이 이런 습속을 말함 일까.

가만히 앉아서 밥상을 기다리는 것이 적적하여 가람이를 재촉 했다.

"신식 문물인지, 물건인지 좀 봬 줘 봐. 아까 이상한 장단에 꼬 부랑 소리 나오던 물건도 있었잖아."

"우와, 가람이네 그런 것도 있었어? 나도 보여주라."

초희도 호기심이 동했는지 내 말을 거들고 나섰다. 아까 미제 라고 자랑하기에 순순히 보여 줄 줄 알았더니 가람이는 적잖이 당황하는 기색이었다.

"아하하, 그건 별거 아니고…… 내가 더 신기한 물건 보여 줄 게."

가람이는 벽 귀퉁이에 있는 세간을 뒤적거리기 시작했다. 나는 침을 꿀꺽 삼키며 어떤 물건이 나올지 지켜보았다.

"자!"

가람이가 보여 준 물건은 크기가 손바닥만 하고 네모진 모양이었다. 어느 부분은 양철 마냥 단단했고 또 어딘가는 도자기처럼 매끄러웠다.

"이게…… 뭐야?"

초희도 잘 모르는 눈치였다. 같은 신식 가정이래도 급 차이가 나는 모양이었다. 가람이가 물건을 방바닥에 세우며 말했다.

"잘 봐라."

지지직…….

가람이가 빨간 단추를 누르자마자 물건에서 알 수 없는 파찰음이 들렸다. 동그란 귀를 돌리니 매끄러운 부분에 쓰인 아라비아 숫자가 변하기 시작했다.

"아! 이거 설마?"

그제야 초희가 눈치챘는지 탄성을 뱉었다. 가람이는 씨익 웃으며 고개만 끄덕일 따름이었다. 이윽고, 물건에서 귀에 익은 전통 가락이 들려오기 시작했다. 나는 그 소리에 깜짝 놀라 소리쳤다.

"아악(雅樂)이다!"

"라디오다!"

초희도 동시에 소리쳤다. 물건에서 나오는 소리는 궁중에서 연주했다는 아악이 분명했다. 작년에 할아버지를 따라 장터에 가서 몇 번 들었었다. 이 조그만 물건이 거문고며 생황이며 대금까지

갖가지 악기 소리를 어떻게 내는지 도무지 알 길이 없었다. '신기'라는 말은 바로 이럴 때 써야 하지 않겠는가.

"가람이는 좋겠다. 나는 아빠한테 라디오 사 달라고 암만 졸라도 소용없던데."

초희가 부러운 듯 좋겠다는 말만 목구멍으로 계속 삼켰다. 초희가 저럴 정도면 엄청 귀한 물건인 게 틀림없었다. 나는 가람이에게 물어보았다.

"요게 뭔 조화여? 여서 아악 소리가 어떻게 나오는 겨?"

초희가 대신 말해 주었다.

"이게 만들어 내는 소리가 아니고, 경성에서 연주한 것을 전해 듣는 거야."

나는 그게 뭔 소린지 몰라 눈만 끔벅거렸다. 가람이가 설명을 덧붙였다.

"편지를 부치면 다른 곳에서 읽어볼 수 있잖아. 라디오는 그런 식으로 다른 곳에 소리를 전해 주는 기계야. 지금 '이왕직 아악부' 연주 시간이라 우리가 듣는 중이고."

여기까지 들으니 조금은 이해될 것도 같았다.

"아 그러니께, 경성서 이왕 머시긴가 내는 소리를 이걸로 전해 듣는 거여?"

초희와 가람이가 동시에 고개를 끄덕였다. 우린 한동안 아악 연주를 듣느라 아무 말도 못 했다. 신식 문물은 귀신도 부린다더니 진짜 그런 모양이다.

"음식이 입맛에 맞니?"

"네. 짜지 않아서 좋아요."

가람이 아버님이 물어보고 초희가 대답했다. 건방지게, 어른이 차려준 음식에 왈가왈부하다니. 나는 끼니를 때울 수 있다는 사실만으로도 밥맛이 꿀맛이었다.

나물이며 조기며 정신없이 집어 먹고 있는데 가람이 아버님이 말했다.

"우리 집에 환자가 적게 오니 걱정이 이만저만이 아니다."

나는 대수롭지 않게 받았다.

"그래두 이 집이 용하다구 온 동리에 소문났슈."

가람이가 내 말에 대꾸했다.

"용하다고 소문나면 뭐 해. 마을 사람들이 우리 집을 불길하게 여기는데."

"피 뽑는 것 때문에 그런 거 아니야?"

듣고 있던 초희가 정곡을 찌르자 가람이는 아무 말도 못 했다. 가람이 아버님이 차분한 목소리를 냈다.

"피를 살펴보면 만병의 여부를 알 수 있어. 그 어떤 검사보다도 정확하지."

그 말에 가람이와 초희 모두 고개를 끄덕이는데 나만 가만히 있을 수는 없어서 같이 끄덕였다. 그랬더니 가람이 아버님이 물었다.

"너희도 온 김에 피 검사받아 볼래?"

갑자기 피를 뽑는다니 겁이 덜컥 났다. 무어라고 말해야 할지 몰라 망설이는데 초희가 먼저 대답했다.

"저는 아프지 않아서 관둘래요."

가람이와 아버님의 시선이 자연스레 내게로 옮겨 왔다. 나도 궁색히 둘러댔다.

"지두 아프지 않으니께……."

갑자기 가람이가 끼어들었다.

"너 요 며칠 아파서 학교도 못 나왔잖아. 혹시 모르니까 검사받아 봐."

가람이 아버님도 은근한 목소리로 재촉했다.

"아주 조금 뽑을 테니 걱정 마라. 가람이 친구니까 특별히 공짜로 해 주마."

"예……. 그러쥬."

나도 모르게 대답이 튀어 나갔다. 하여간 어른이 하는 말씀이라면 거절 못 하고 넙죽 대답해 버리는 이 주둥이가 문제다.

밥을 다 먹자마자, 가람이 아버님이 상을 치우지도 않고 뾰쪽한 침 달린 물건을 가져왔다. 나는 시키는 대로 왼팔을 걷어 붙였다. 이상하게 생긴 노란 끈으로 팔을 친친 동여매니 기분이 영 으

스스했다. 초희가 가람이 아버님에게 물었다.

"피를 뽑으려면 몇 시간은 금식해야 하는 거 아녜요?"

가람이 아버님이 순간 당황스러워하는 낯빛을 보였다. 그리고는 대답했다.

"그런 것도 알다니, 초희 똑똑하구나. 물론 그렇게 해야 정석이지만 덕재는 아직 어리잖아. 금식해야만 알 수 있는 당뇨나 간 질환 같은 건 덕재에게 해당 없으니 상관없어."

가람이 아버님이 친절하게 설명해 주었는데도 초희는 고개를 계속 갸우뚱거렸다. 그걸 보니 괜스레 불안해졌다.

"자, 덕재야. 이제 시작할 테니, 팔에 힘 쭉 빼라."

가람이 아버님이 왼팔의 살갗을 톡톡 두드렸다. 이 감촉이 왜 이리 긴장을 불러일으키는지 모르겠다. 그러더니 별안간 뾰쪽한 물건으로 왼팔을 푹 찔렀다.

"흐윽!"

나도 모르게 입에서 신음이 삐져나왔다. 침 맞으러 갔을 때보다 다섯 곱절은 더 아팠다.

"어어, 덕재야. 팔에 힘 빼래도!"

가람이 아버님이 다그친 다음에야 나는 악물었던 입술을 놓았다. 그러자 뾰쪽한 물건에 뻘건 피가 점점 차오르기 시작했다. 내 몸에서 나오는 피였다.

"저 이러다 죽는 거 아녀유?"

염려되어 꺼낸 말에 가람이와 초희가 동시에 웃었다. 피가 나오는 중이라 성화를 부릴 수도 없었다. 이내 가람이 아버님이 뾰쪽한 물건을 뽑아내고 흰 솜을 대어 주며 말했다.

"이제 끝났다. 처음치고는 씩씩하게 잘한 거야. 어른보다 훨씬 낫구나."

생각보다 금방이었다. 뾰쪽한 물건에 가득 고여 있는 피를 물끄러미 바라보았다. 익호한테 짱돌로 맞았을 때 피가 저만큼 나왔던가? 아니면 개울가에서 굴렀을 때 그랬던가? 모르긴 몰라도 적지 않은 출혈이다.

피를 뽑은 뒤로 혼이 나간 듯이 앉아 있었다. 가람이에게 신식 물건을 빼 달라고 보채지도 못했다. 그러다 초희가 돌아가겠다고 나설 때 같이 일어났다.

"안녕히 계세유."

"그래. 또 놀러 오너라."

초희와 나는 가람이 아버님께 인사드리고 각자 집으로 나섰다. 밤이 꽤 깊었지만 보름달이 제법 훤히 비추어 밤길을 걷는 데 지장은 없었다. 옆에 흐르는 도랑에서 물과 풀이 섞인 냄새가 풍겨 왔다.

길에서 혼자 콩콩 뛰어 보기도 하고 힘껏 도리질도 쳐 보았다. 피를 뽑아도 몸에는 별 이상이 없는 것 같다. 하지만 왠지 모르게 기분이 알딸딸했다.

야학 선생, 윤우의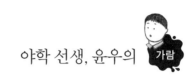

덕재가 학교에 나오기 시작했다. 왜놈에게 굽실거리는 불량 스승이 싫다며 교실을 뛰쳐나간 날로부터 나흘 만이었다. 덕재가 먼저 담임선생에게 다가갔다.

"그간 아파서 못 나왔슈. 접때 일은 용서해 줍시오."

담임선생은 아직도 노여움이 풀리지 않았는지 덕재를 말없이 노려보았다. 다들 침을 꿀꺽 삼키며 어떻게 될지 지켜보았다. 보란 듯 대들었으니 정학을 면키 어려울 거란 소리도 들렸다.

아니나 다를까, 담임선생이 벌떡 일어나더니 교탁에 덕재를 세우고 엉덩이를 힘껏 때리기 시작했다.

탁! 탁! 탁!

덕재가 칠판 난간을 붙잡고 회초리를 온몸으로 받아 냈다. 뒤

돌아선 채로 꿈쩍도 하지 않고 있었다. 나는 스무 대까지 세었다가 그 후로는 세는 법도 잊고 살벌한 광경을 멍하니 바라보았다. 매질은 한참이나 계속되었다.

"자리로 돌아가거라."

온 힘을 써서 얼굴이 시뻘게진 담임선생이 헐떡거렸다. 놀라운 건 덕재의 표정이었다. 매 맞는 내내 미동도 하지 않더니 선생님에게 꾸벅 인사하고는 옅은 웃음을 띤 채로 자리에 돌아가는 것이었다. 누가 보아도 때린 사람과 맞은 사람의 표정이 뒤바뀐 것 같았다.

덕재의 강단은 어디서 나오는 걸까. 아무나 주먹 대장 노릇을 하는 게 아닌가 보다. 담임선생이 여전히 숨이 찬 목소리로 우리에게 말했다.

"난들 교장의 명령에 따르는 것이 유쾌한 줄 아느냐? 여기 있는 제군들을 위해 본인도 하루하루 견디고 있음을 알아 달란 말이다."

그 말이 조금 변명처럼 들린 것은 사실이었다. 하지만 목소리는 괴로워 보였다. 선생님이 덕재를 가리켰다.

"덕재가 오늘 매를 맞은 일은 스승에게 대들어서이지, 다른 잘못 때문이 아니다. 앞으로 각별히 주의하거라."

"예."

덕재는 짧게 대답했다. 급우들의 예상과 달리, 처벌은 이것으로 끝이었다. 덕재는 시종 입가에 미소를 머금고 있었다. 난 덕재의 웃음이 무얼 뜻하는지 알 것 같았다. 새삼스레 나도 내 조상인 덕재의 의기를 닮고 싶어졌다.

덕재가 나온 뒤부터 학교생활이 한층 더 편해졌다. 그간 덕재가 없는 틈을 타서 우리 반에 들어와 시비를 걸던 익호가 얼씬하지 못하게 된 것이다. 어제만 해도 머리카락이 길다고 내 머리를 툭툭 쳐 대는데 하마터면 싸움이 날 뻔했다. 시비가 더 벌어지지 않은 것은 순전히 내가 꾹 참았기 때문이다.

집에 갈 때는 덕재와 나, 그리고 초희까지 셋이 다녔다. 다 같은 방향이기도 했고 어젯밤에 우리 집에서 어울린 게 계속 이어진 덕분이었다.

"너 아까 굉장했어. 그렇게 맞고도 안 아파?"

초희가 묻자 덕재는 인상을 찌푸리며 대답했다.

"왜 안 아프겠어. 기지배가 별 걸 다 물어보는구먼."

그 말에 초희가 눈을 번뜩거렸다.

"그럼 그냥 아팠다고 하면 되지, 기지배라고 하는 건 또 뭐야?"

덕재는 만사 귀찮다는 듯이 얼른 대꾸했다.

"아, 미안혀."

"웃기네. 뭐가 미안한데?"

초희가 불편한 심기를 얼굴에 노골적으로 드러냈다. 덕재가 험한 말 내뱉기 전에 내가 먼저 둘 사이로 끼어들었다.

"그만해라, 좀. 그러다 정들겠다."

그제야 덕재와 초희가 내 말에 격한 거부 반응을 보이고 잠잠해졌다. 사실 덕재가 순순히 꼬리를 내리는 것은 기적에 가까운 일이었다. 학교에서는 누구도 덕재에게 이래라저래라 못 했기 때문이다.

시간이 지날수록 우린 가깝게 지냈다. 덕재와 초희 모두 집에 어른이 잘 안 계셔서 종종 불러내어 저녁을 같이 먹기도 했다. 그러면서 많은 이야기를 나누었고 서로 잘 알게 되었다.

일주일쯤 지났을까. 한밤중에 혼자서 웨어컴을 만지작거리고 있었다. 원래 웨어컴은 전신 착용 모델인데, 이곳 사람에게 들키지 않기 위해서 손목시계 형태로만 감추어 사용했다. 그래도 화상 통화나 정보 검색같이 간단한 기능은 쓸 수 있었다. 지금은 덕재가 말했던 늑대의 멸종에 대해 검색하는 중이었다.

늑대는 조선 말까지 한반도에 널리 분포했다. 하지만 일제강점기에 해로운 동물을 없앤다는 이유로 대량 학살을 당했다. 늑대 사냥은 오랜 기간 계속되었는데, 늑대가 쥐약에 죽은 야생동물을 먹기 시작하면서 거의 사라져 갔다.

역시 덕재가 얘기해 준 것과 크게 다르지 않았다. 이런 것도 일본의 소행이었구나. 이제야 왜 덕재가 늑대 울음이 처량 맞게 들린다고 했는지 알겠다.

웨어컴은 호기심의 유일한 배출구였기에 혼자 있을 때면 이것저것 검색하며 시간을 보냈다. 며칠 전부터는 뒷산에 올라가는 일도 관두었다. 어차피 탐지기에 잡히는 것도 없었기 때문이다. 있지도 않은 일본 리플렉터를 변 차장이 왜 찾으라 했는지 모르겠다.

잠시 후 아빠가 종종걸음으로 방에 들어왔다.

"가람아, 드디어 AB형을 찾았다!"

"정말요?"

아빠가 혈액이 든 시험관 하나를 내밀었다.

"덕재가 AB형이었어. 세상에, 꼭 필요한 혈액형이 조상님에게서 나오다니. 하늘이 돕는 게 분명한가 보구나."

듣던 중 반가운 소리였다. 하지만 나는 걱정이 앞섰다.

"그럼 덕재가 이제 헌혈을 해 줘야 하는데, 어떡할 거예요? 혈액을 많이 뽑는다고 하면 순순히 따라 줄지……."

아빠와 나는 다시 고민에 빠졌다. 어른들도 혈액을 400mL씩 뽑으면 기겁하기 일쑤였다. 덕재에게 언제 어떻게 헌혈을 부탁해야 할지 막막해졌다.

그러던 중, 무언가 이상한 낌새를 느꼈다.

"밤인데 바깥이 왜 이리 시끄러워요?"

사람들 목소리로 집 주변이 점점 시끌벅적해졌다. 일어나 창문을 열어 보니 마을 사람들이 횃불을 가지고서 주변으로 몰려들고 있었다. 벌써 우리 집을 둘러싼 불덩어리가 헤아릴 수 없을 정도였다. 그 광경을 보고 정신이 번쩍 들었다. 아빠가 문을 열고 나가 사람들에게 물었다.

"이게 무슨 일입니까?"

하지만 마을 사람들은 조용히 우리 집을 둘러싸기만 할 뿐 아무 말도 하지 않았다. 얼굴을 보니 다들 무언가 불만을 품고 온 것이 틀림없었다. 잠시 후, 마을 사람이 다 모인 뒤에야 꼬장꼬장한 할머니 한 분이 앞으로 나와 한마디 던졌다.

"당장 짐 싸고 이 동리서 나가슈."

갑작스러운 요구에 말문이 막혔다. 우리가 영문을 몰라 머뭇거리자, 마을 어른들이 큰 목소리로 외쳐 댔다.

"우리 피를 죄 모아다 뭐 하려고 그려, 이 귀신 자슥들아!"

"어서 굴러왔는지 몰러두, 빨리 안 나가믄 깡그리 불 질러 버릴 겨!"

악다구니를 퍼붓는 사람들 모습을 보니 머리가 띵해졌다. 결국 우려한 일이 터져 버린 모양이다. 이렇게 되려고 힘들게 이곳으로 온 게 아닌데. 아빠는 그 와중에도 침착하게 말했다.

"돌림병을 예방하고자 여러분의 피를 추출하여 검사한 것뿐입니다. 온갖 역병을 다스리는 것이 제 업인지라 부득불 여러 고을을 떠도는 것이고요."

"떠돈다니 잘 됐구먼. 그람 인제 이 동리서 나가!"

앞에 선 꼬장꼬장한 할머니가 재촉했다. 그러자 아빠가 날 가리키며 사람들에게 간곡히 부탁했다.

"제 아들이 학교에 다닌 지 보름도 안 되었습니다. 여름이 오기 전에 떠날 테니 조금만 기다려 주시면 안 되겠습니까?"

아빠의 말에 몇몇 아주머니들이 고개를 끄덕였다. 하지만 앞에 서 있는 할머니를 비롯한 어른들은 요지부동이었다.

"우리도 그동안 참을 만큼 참은 겨. 동리 사람들의 원성이 자자하니, 당장 짐을 꾸리지 않음 여다 불을 지피겠소!"

그중에 가장 품위 있게 생긴 할아버지가 횃불을 초가지붕 끝에 대며 위협했다. 우린 어쩔 줄 몰라 아무 말도 못 했다. 그런데 어디선가 외마디 고함이 들렸다.

"아이구우, 완이 할아부지! 그게 뭔 짓이유!"

헐레벌떡 우리 집 마당 안으로 뛰어 들어온 사람은 다름 아닌 덕재였다. '완이 할아버지'라고 불린 사람은 일단 횃불을 거두었고 마을 사람들도 그와 동시에 멈칫했다. 맨 앞에 섰던 꼬장꼬장한 할머니가 덕재에게 호통을 쳤다.

"이눔아, 여긴 뭐 더러 왔어! 내가 몸조심하라고 일렀잖어."

그러고 보니 내 또래 학생이나 어린아이들은 아무도 없었다. 어른끼리 작정하고 몰려온 모양이다. 덕재가 맨 앞의 할머니에게 쏘아붙였다.

"단골할매가 잇속 차리자고 으른들을 선동하는디 가만있을 수
있남유?"

"무어, 뭐라고 이눔아!"

'단골할매'라고 불린 할머니가 노발대발했다. 덕재는 횃불로
우리를 위협했던 완이 할아버지에게 다가가 물었다.

"완이 할아부지, 말해 보유! 접때 분명히 이 집이 용하다고 했
었쥬, 안 그류?"

완이 할아버지는 헛기침만 하고는 수염으로 덮인 입을 지긋이
다물었다. 외면당한 덕재는 마당 한가운데로 뛰어가 자기 팔뚝을
걷어붙였다.

"지두 접때 여서 피 뽑았슈. 근데 봐유, 아무 이상 없잖유!"

마을 사람들이 덕재의 말에 조금씩 웅성거리기 시작했다. 그러
자 옆에 있던 단골할머니가 덕재의 머리를 쥐어박으며 일침을 가
했다.

"대갈빡에 피도 안 마른 게 끼어들 곳이 아녀. 어여 가!"

덕재는 머리를 어루만지며 더 큰 목소리로 마을 사람들에게 소
리쳤다.

"여서 약 받아 먹구 고뿔 몰아낸 으른들 많잖유! 왜 죄다 묵묵
허유?"

덕재가 의리 있게 나서 준 모습이 고마웠다. 마을 사람들이 어

린 학생의 말이라고 흘려듣는 게 안타까울 뿐이었다. 단골할머니가 장정들에게 지시했다.

"안 되겠어. 일단 쟈부터 집에 보내자고."

그러자 건장한 청년 둘이 성큼성큼 다가와서는 덕재의 양팔을 붙잡고 끌어내기 시작했다. 아무리 주먹 대장인 덕재라도 장정의 힘을 당해 낼 재간은 없었다.

"내 말 들어유! 안 그럼 난중에 필시 경을 칠 것인디!"

마을 사람들은 여전히 웅성거리기만 할 뿐, 별다른 움직임을 보이지 않았다. 나는 그저 덕재가 질질 끌려 나가는 모습만 바라봐야 했다.

그런데 덕재가 저만치 마당 끝까지 끌려갔을 때쯤이었다. 사립문 너머에서 근엄한 남자 목소리가 울려 퍼졌다.

"이보게! 자네들은 지금 진상이 어떤지나 알아보고 동한 겐가?"

그러자 장정들이 멈추어 섰다. 동시에 덕재가 외쳤다.

"우의 선생님!"

덕재에게 '우의 선생님'이라고 불린 남자가 저벅저벅 마당으로 걸어왔다. 얼굴이 두툼하고 입을 굳게 다문 모양이 듬직하게 생긴 인상이었다. 그제야 풀린 덕재도 같이 따라 들어왔다.

"야학 스승이 여긴 웬일이여?"

마을 사람들을 끌고 온 단골할머니가 말을 걸었다. 우의 선생님은 아저씨라 하기엔 젊어 보였다. 그런데도 단골할머니가 한

수 접어주듯 목소리를 누그러뜨리고 있었다. 우의 선생님이 마을 사람들을 빙 둘러보며 말했다.

"내 듣기로 이 집 의원이 용하다고 하여 진찰받으러 왔소이다."

그러자 마을 사람들이 덕재가 나타났을 때보다 훨씬 크게 웅성거리기 시작했다. 우의 선생님의 당찬 눈빛 또한 덕재보다 더하면 더했지 절대 뒤지지 않았다. 단골할머니가 고개를 삐딱하게 젖히고는 인상을 찡그렸다.

"이거 어쩐허나. 이 집 인제 장사 접을라고 하는디."

우의 선생님이 아빠를 바라보았다.

"지금 이게 참말입니까?"

아빠는 우의 선생님이 우리 편임을 단박에 알아보았다.

"그게…… 돌림병을 다스리고자 이 마을에 머무르던 차인데, 저희더러 다짜고짜 나가라고 하니 당황스럽습니다."

아빠의 침통한 목소리가 그대로 전달되었다. 우의 선생님이 고개를 끄덕거리고는 마을 사람들을 바라보며 또랑또랑한 목소리를 냈다.

"어르신들께는 죄송하지만, 내 보기에 지금 여러분이 어떤 줄 아십니까?"

"지들이 어떤디유?"

아까 덕재를 잡아끌었던 청년이 물었다. 우의 선생님이 소리쳤다.

"꼭 왜놈들 같소이다!"

사람들이 모두 놀라는 바람에 마당이 일순간 시끄러워졌다. 우의 선생님은 이미 이런 소란을 예상했는지 아랑곳하지 않고 더 큰 소리로 모두에게 외쳤다.

"여러분이 왜놈과 같은 것은 첫째, 다른 이의 거처에 막무가내로 쳐들어온 것이며 둘째, 우리 동리가 부흥하려는 일에 훼방을 놓은 것이오!"

마당 곳곳에서 "우리가 그랬남?", "말이 좀 지나치구먼.", "왜 나무라는지 들어 보자고."와 같은 말들이 쏟아져 나왔다. 그 와중에 모든 사람의 목소리를 잠재우듯 완이 할아버지가 호령했다.

"우의야!"

"예, 구장 어르신."

"고약한 승질머리는 선생이 돼서도 여전하구나! 네가 당돌히 나섰다만, 여기에는 느 아부지보다 손위도 많다. 알고 있느냐?"

"알고 있습니다."

둘의 대화는 살얼음을 걸었다. 완이 할아버지가 횃불을 들어 올리며 말했다.

"네가 우리를 왜놈과 같다고 한 데는 그만한 연유가 있을 터, 들어 보고 가당치 않으면 네 주둥이를 횃불로 지져 불라고 헌다!"

"각오하고 있습니다."

둘 다 목소리에 한 치도 누그러짐이 없었다. 나는 생전 처음 보는 우의 선생님이 우릴 감싸 주는 것이 고마운 한편, 사람들에게 봉변을 당할까 봐 염려되었다.

"제가 계몽 운동을 이끌면서 늘 했던 말이 무언지 기억하십니까?"

그 말에 아무도 선뜻 대답하지 못했다. 우의 선생님이 소리쳤다.

"우리의 '무지함'이 나라까지 잃게 한 '적'이라는 말입니다!"

그제야 몇몇 젊은이들이 고개를 끄덕였다. 우의 선생님은 계속 말을 이었다.

"여기엔 시대적 사명을 함께 짊어지기로 한 월진회(月進會) 동지들도 있소이다. 그런 우리가 같은 사명자를 내치는 것이 얼마나 무지한 일입니까?"

우의 선생님과 비슷한 나이로 보이는 청년 하나가 아빠에게 손가락질했다.

"저 작자가 우리랑 같다니, 무슨 말이유?"

그러자 우의 선생님이 우리 아빠를 두 손으로 가리켰다.

"이분이 경성에서 의원 노릇을 하면 부귀를 족히 누렸을 겁니다. 그런데 돌림병을 다스리고자 여기까지 왔다고 했지요. 그게 무슨 말이겠습니까?"

이번에도 사람들은 대답하지 못했다. 우의 선생님이 힘을 주어 말했다.

"이것이야말로 일신의 안락을 포기하고 민족을 구제하겠다는 사명 아니겠습니까! 결국 우리가 하려는 일과 다르지 않다는 말입니다."

우의 선생님의 말씀에 소름이 돋았다. 우리가 미래에서 온 목적과 거의 일치했기 때문이다. 우의 선생님이 우리의 정체를 아는 듯한 착각마저 들었다.

무리 중에 비교적 젊은 사람들은 여기까지 듣고서 대체로 수긍하는 분위기였다. 그런데 맨 앞에 있던 단골할머니가 쏘아붙였다.

"그 시대적 사명인가 머시긴가에 동리 사람들 피를 빨아 제끼는 것도 포함이여? 그런 몹쓸 짓은 귀신이나 하는 거여!"

노인들이 단골할머니의 말에 동조라도 하듯이 저마다 무어라고 웅얼거렸다. 우의 선생님이 그런 사람들을 향해 물었다.

"어르신들, 무오년 독감을 벌써 잊으셨습니까?"

'무오년 독감*'이란 말이 나오자마자 노인들이 멍한 표정을 지으며 조용해졌다. 우의 선생님이 비통에 젖은 목소리로 말을 이어갔다.

"저는 그날의 악몽이 아직도 생생합니다. 온 동리에 곡소리가 끊이질 않았지요. 여기 계신 어르신들도 식구를 많이 잃으셨을 텐데, 그때 제대로 된 의원이 있었다면 그렇게 많은 이가 맥없이 죽지는 않았을 것 아닙니까."

사람들의 표정이 모두 침통해졌다. 그 중에는 옛 생각에 잠기

---

* 스페인 독감. 1918년에 전 세계적으로 2,500만 명 이상 사망자를 낸 악성 바이러스. 우리나라에서도 14만 명 이상 사망했다.

어 눈시울을 적시는 노인도 있었다. 우의 선생님은 다시 힘을 주어 말했다.

"허나 어르신들, 이제는 시대가 변했습니다."

덕재가 추임새를 넣었다.

"어떻게 변했슈?"

"의술이 예전과 다릅니다. 다 죽던 사람도 수술이란 걸 하면 멀쩡히 낫지요. 때에 따라 어마어마한 피를 쏟고 다시 채우기도 합디다. 여러분이 피를 보기 두려워 치료받지 않는 것은, 구더기 무서워 장 못 담근다는 옛말과 다름이 없습니다."

가만히 듣고만 있던 아빠도 우의 선생님의 말씀에 덧붙였다.

"의원으로서 한 말씀 드리면, 피는 만병의 여부를 알려 주는 척도입니다. 피에서 이상이 발견되면 금방 치료할 수 있지요. 저는 악한 의도가 전혀 없으니 부디 숙고해 주시기 바랍니다."

아빠의 말까지 듣고 나자, 모인 사람들이 크게 웅성거렸다. 처음에 기세등등하게 횃불을 들고 몰려왔던 분위기와는 사뭇 달랐다. 아니나 다를까, 제일 어른인 완이 할아버지가 동네 사람들을 향해 선언하듯 외쳤다.

"험, 험. 다들 내려가세!"

그리고는 횃불을 든 채로 앞장서서 사립문을 빠져나갔다. 머뭇거리던 사람들도 뒤를 따라 하나둘 빠져나가기 시작했다. 기적 같은 일이었다.

이윽고 마당에는 아빠랑 덕재와 나, 그리고 우의 선생님과 단골할머니만 남았다. 마을 사람이 전부 사라진 뒤에야 단골할머니가 울분을 뿜어냈다.

"나는 어찌란 말여. 병자가 굿을 안 벌이면 나는 어찌 살란 말여!"

우의 선생님이 단호하게 대답했다.

"단골할머니께선 우리 동리의 안녕과 풍요를 빌어 주고 점이나 봐 주시면 됩니다. 병을 고치는 일은 의원에게 맡기시지요."

단골할머니가 콧방귀를 뀌더니, 눈을 부릅떴다.

"오냐. 내 너부터 점 봐 주마. 오지랖 부리고 다니는 꼬라지를 보니께, 니는 절대로 제 명에 못 죽을 상이다, 이눔아!"

그러자 듣고만 있던 덕재가 말대꾸를 했다.

"할매, 인제는 복채도 안 받고 점 보나 보쥬?"

단골할머니가 덕재를 싸늘하게 노려보고는 손가락질을 했다.

"니도 마찬가지여, 이눔아!"

이러고서 홱 돌아 나가 버렸다. 단골할머니의 마지막 말이 섬뜩하게 느껴졌다. 우의 선생님과 덕재는 별로 신경 쓰지 않는 듯, 그저 씩 웃을 뿐이었다.

아빠가 우의 선생님에게 정중히 인사했다.

"이거 신세를 많이 졌습니다. 이 은혜를 어찌 갚아야 할지……."

"아닙니다. 의원님같이 귀한 분을 몰라본 동리 사람을 대표해서 사죄드립니다."

두 어른이 서로 더욱 고개를 숙였다. 그 광경은 무척 훈훈해 보였다.

우리는 한참 더 대화를 나누었다. 덕재는 처음부터 끝까지 우의 선생님의 자랑을 늘어놓기 바빴다. 우의 선생님은 야학을 이끌 뿐 아니라 계몽 운동과 농가 부흥에도 앞장서는 분이라 했다. 그래서 매번 일본 경찰의 감시를 받는다고 했다.

우의 선생님의 빛나는 눈동자가 새삼 내 마음에 깊게 자리 잡았다.

장부출가생불환(丈夫出家生不還)

"가람아! 여태 안 일어난 겨?"

참새가 요란하게 짹짹댄다. 동이 튼 지 오래였고 가람이네 집
에도 쨍쨍한 볕이 들고 있었다. 그런데 녀석은 마당에서 아무리
불러도 답이 없다. 아직도 몽중인가? 더 크게 불러 보았다.

"여어! 가람아! 한가람!"

삐걱.

한참 지나서야 가람이 아버님이 안경도 쓰지 않고 반쯤 감긴
눈으로 문을 열었다.

"어, 오셨어요…… 아니, 덕재 왔니?"

정신없으시구먼. 또 지난번처럼 말을 놓지 못하고 더듬는다. 난
고개를 꾸벅 숙여 인사했다.

"가람이 안 일어났슈?"

"어, 그, 그래. 아직 자는구나."

가람이 아버님이 머리를 긁적였다. 녀석이 잔다고 물러가면 내가 한덕재가 아니지. 곧장 방문을 열어젖혔다.

"여어! 일어나! 해가 중천이여!"

그제야 누에고치마냥 둘둘 말린 가람이의 이불이 들썩거리기 시작했다. 가람이가 어떤 물건을 몽롱하게 쳐다보고는 말했다.

"아…… 왜? 아직 여덟 시도 안 됐잖아. 오늘은 쉬는 날인데……."

게으름과 짜증이 잔뜩 배인 목소리였다.

"여덟 신지 뭔지 그런 건 학교서나 따지고, 언넝 일어나. 같이 갈 데 있어."

그래도 가람이는 여전히 이불을 돌돌 만 채였다. 안 되겠다 싶어서 방으로 들어가 이불을 확 걷었다.

"오늘 동리 부흥 운동하는 날이여! 니도 도와주야 할 거 아녀!"

가람이는 아우우 하며 한참을 뭉그적거리다 일어났다. 녀석에게 우의 선생님이 주도하는 동리 부흥 운동과 오늘처럼 비 온 뒤에 마을 청년과 학생들이 나무를 심는 일에 대해 소상히 일러 주었다. 가람이는 듣고만 있다가 한마디 했다.

"그러면 초희도 데려가야 하는 거 아니야?"

녀석이 느닷없이 초희를 찾는다.

"고것이 가 봐야 도움 되겠어?"

가람이가 눈을 비비적거리며 말했다.

"나도 나무 심어 본 적 없어서 도움 안 되긴 마찬가진데? 에이, 초희 안 가면 나도 안 갈래."

허, 이 녀석 봐라. 이젠 내 앞에서 제법 배짱을 퉁긴다. 썩 내키진 않았지만 가는 길에 초희네 집도 들르기로 했다.

서둘러 초희네 집에 도착하자마자 가람이가 목청을 돋우어 불렀다.

"초희야, 초희야!"

"……."

얼씨구, 초희 또한 몽중이다. 하여간 신식 가정은 원래 다 이렇게 게으른 겐가? 계집애인지라 들어가서 이불을 왈칵 뒤집을 수 없는 게 답답했다. 가람이가 곱게 깨워서 불러낼 때까지 기다릴 수밖에 없었다.

동리 곳곳의 목련 나무에 하얀 꽃봉오리가 방울방울 맺혔다. 곧 흐드러지게 필 준비하는 모양을 보니 완연한 봄이 실감 났다.

초희를 데려오느라 늦게 도중도에 도착했는데 벌써 어른들이 여럿 모여 있었다. 우리도 서둘러 부흥원(復興園)으로 달려가 묘목을 나누어 받았다. '포플러'라고 하는 서양 품종이었다. 우리는 멀지 않은 공터부터 길가를 따라 나무를 심었다.

"아, 더 꽉꽉 밟아 주라니께!"

가람이 녀석은 덩치가 나보다 커 가지고 품새가 시원찮다. 녀석을 밀쳐 내고 어떻게 심는지 다시 보여 주었다. 초희는 숫제 옆에 쪼그리고 앉아 하품이나 하고 있었다. 허, 이리 복장 터질 줄 알았다면 혼자 왔을 터인데.

"초희야, 너도 하나 심어 봐."

가람이가 권하자 초희가 벌떡 일어섰다. 아깐 내가 그렇게 말해도 꿈쩍 안 하더니! 여우도 저런 얄미운 불여우가 따로 없다.

"어떻게 심는 건데? 알려 주라."

초희가 콧소리를 내면서 가람이에게 치근덕거렸다. 아니, 내가 지금까지 열변을 토해 가며 설명하는 걸 못 들었나?

"잘 봐, 초희야. 여기 두둑에다가 물을 주고, 구덩이를 판 다음에……."

얼씨구, 가람이 녀석, 아까 가르쳐 줄 땐 그렇게 굼뜨더니 지금은 무척 열심이다. 하는 꼴이 가소로워 둘이 얼마나 잘하는지 쪼그려 앉아 지켜보았다.

그때 우의 선생님이 지나갔다.

"이야, 가람이랑 초희가 열심이로구나. 그런데 덕재는 왜 놀고만 있느냐?"

나는 기가 막혀 큰소리를 쳤다.

"지가 방금까지 혼자 다 심었슈!"

우의 선생님이 어리둥절한 표정을 짓자, 가람이가 날 보며 킥킥거렸다. 내 친구만 아녔어도 벌써 아가리를 한 방 날렸을 것이다. 우의 선생님이 말했다.

"묘목을 더 나누어 줄 테니 한 명 따라오너라."

가람이와 초희가 동시에 날 쳐다보았다. 시방 나더러 다녀오란 뜻인가? 둘의 뻔뻔스러움에 기가 막혔다. 나는 마지못해 일어섰다.

"내가 올 때까정 남은 거 다 심어 놔야 혀! 농땡이 부리지 말어."

그러고선 멀어진 우의 선생님의 뒤를 서둘러 쫓았다.

부흥원은 마을 곳간을 개조해 만든 월진회의 운동 본거지였다. 본거지라고 해 봐야 막사와 곳간이 전부였지만, 나를 비롯한 동리 아이들은 숨을 곳이 많은 이곳에서 자주 놀곤 했다. 나는 그 앞에서 기다리는 중이다. 부흥원 안에서 우의 선생님과 청년들이 대화를 나누는 소리가 새어 나왔다.

"우의 성님, 참말로 괜찮유? 왜놈들이 눈을 시퍼렇게 뜨고 감시하는디 여서 이러고 계시믄 안 되잖유."

또 다른 목소리도 흘러나왔다.

"집에 들어가 계슈, 성님. 공연히 또 끌려가서 문초당하지 말구⋯⋯."

우의 선생님의 목소리도 들렸다.

"월진회는 반역 단체가 아니라고 누차 밝혔으니 거리낄 것 없어."

하지만 목소리엔 근심이 한가득 서려 있었다.

나는 우의 선생님이 어떤 연유로 고초를 겪었는지 잘 알고 있다. 선생님은 작년에 야학에서 열었던 학예회 때문에 순사들에게 끌려갔다. 우리가 했던 연극 〈토끼와 여우〉가 대일본 제국을 비방했다는 것이다. 그래서 한동안 야학이 폐쇄되었고, 우의 선생님이 이끄는 월진회 역시 왜놈들의 의심을 사기 시작했다.

그때부터 할아버지는 내가 우의 선생님의 야학에 다니는 일을 허락하지 않았다. 그 뒤로 선생님 댁에 가끔 놀러 가는 일 말고는 우의 선생님을 뵐 방도가 없었다. 야학에서 글을 배우는 다른 녀석들이 부러울 따름이었다.

우의 선생님이 어쩌다 이렇게 고단한 처지가 되었을까 생각하고 있는데, 때마침 선생님이 묘목을 들고 나왔다.

"미안하구나, 덕재야. 네가 기다리는 걸 잠시 잊었다. 이거 가져가거라."

나는 묘목을 받으며 우의 선생님의 얼굴을 슬쩍 들여다보았다. 아까의 목소리처럼 선생님의 얼굴에 수심이 깊어 보였다. 그러나 한편으로는 평소 볼 수 없었던 비장한 기운이 눈매에 서려 있었다.

우의 선생님이 나직하게 말했다.

"나무는 쓰이고자 할 때 베어지므로, 너희는 새로운 묘목을 심어야 하는 거란다."

그리고 쓴웃음을 지어 보였다. 나는 선생님의 말씀을 곱씹으며 부흥원을 나섰다. 무언가 불안한 느낌이 들었는데 이유까지는 알 수 없었다.

거리에 듬성듬성 심어진 나무가 갓 난 병아리처럼 어색해 보였다. 허나 조금 지나면 볼만해질 터였다. 나는 묘목을 든 채로 생각에 잠겨 걸었다.

"덕이 오빠아!"

누군가 부르는 소리에 퍼뜩 놀랐다. 돌아보니 갈라땋은 머리의 순이가 서 있었다. 나를 보고 멀리서부터 뛰어왔는지 숨을 고르느라 한동안 말을 잇지 못했다. 나는 습관처럼 쏘아붙였다.

"뭐여, 사람을 불렀으면 말을 혀."

순이가 헐떡이다 말고 품속에서 무언가를 꺼내 건네주었다.

"뭐여, 이건?"

구겨진 황색 종이봉투였는데, 뭉툭한 물건의 감촉이 느껴졌다. 곧장 봉투를 열어 물건을 꺼내 보았다. 보아하니 생뚱맞게도 추울 때 머리에 쓰는 귀덮개였다. 순이가 축 늘어진 앞머리를 뒤로 넘기며 수줍은 목소리를 냈다.

"별건 아니구…… 정월에 장 볼 때 사 온 건디 통 줄 기회가 있었으야지."

정월이라면 벌써 두어 달 전이다. 순이가 이제야 왜 이걸 건네는지 알 수 없었다. 일단 핀잔부터 주고 보았다.

"춘삼월도 다 간 마당에 귀덮개가 뭐여, 귀청에 땀띠 나는 꼴 볼라고?"

그런데 조금 이상했다. 평소라면 내가 어떤 말을 해도 무던하게 넘기던 순이가 이 한마디에 울상으로 변했기 때문이다. 위태위태한 느낌이 들었지만, 내 주둥이가 저절로 깐죽대는 걸 막지 못했다.

"줄라믄 질긴 고무신이라도 주든가. 왜 이런 걸 사와 가지고설랑⋯⋯."

"미안혀!"

별안간 순이가 울분을 담아 소리쳤다. 어느새 순이 눈망울에 눈물이 괴어 있었다. 근래 처음 보는 모습이라서 나는 그만 바짝 오그라들었다. 순이가 소매로 눈물을 훔치더니 축축이 젖은 목소리를 냈다.

"내 이런 말 들을까 봐 안 줄라고 혔어. 근디 오빠 생일이라고 사 논 걸 어떡혀여. 남 줄 수도 없잖어!"

그러더니 돌아서서 멀리 달아나 버리고 말았다. 난 그 모습을 망연자실하게 바라볼 수밖에 없었다. 생일이란 말에 한 대 맞은 것마냥 머리가 띵했다.

정월 열이렛날이 내 생일이다. 그리고 순이의 생일도 달포 전에 이미 지나 있었다. 그것도 모르고⋯⋯. 나는 스스로 머리를 쥐어박았다.

그로부터 며칠이 지났다. 학교에서 나머지 공부를 하는 바람에 가람이와 초희를 먼저 보내고 혼자 돌아오는 길이었다. 반 시간쯤 걸어 집에 당도했을 무렵,

"여기 주인 있으므니까!"

웬 일본 사람의 목소리가 우리 집 마당 쪽에서 들려왔다. 그간 동리가 아무리 시끄러워도 집에 왜놈이 들이닥친 적은 없었는데 아무래도 느낌이 이상했다. 나는 일부러 옆집 이웃 행세를 하며 사립문으로 다가가 말을 걸었다.

"거기는 사람이 자주 비는 집인디…… 무슨 일이유?"

그러자 일본 아저씨가 내 쪽으로 성큼성큼 다가왔다. 말끔하게 차려입은 양복에 밤색 중절모자를 썼는데 얼굴에 얇게 붙어 있는 콧수염이 눈에 띄었다.

"사람을 찾고 있는데, 혹시 이 자를 아나?"

일본 아저씨가 품속에서 조그만 사진을 꺼내 보여주었다. 나는 그걸 들여다보고 소스라치게 놀랐다. 다름 아닌 우의 선생님이었기 때문이다.

"이…… 이분을 왜 찾으유?"

일본 아저씨는 신분증을 펼쳐 보였다.

"난 형사다. 이 자를 아느냐고 물었다."

이 사람이 일본 형사란 걸 안 순간부터 무섭기는커녕 속이 끓어오르기 시작했다. 일단은 퉁명스럽게 대답했다.

"알기야 알쥬. 근데 왜유? 직접 찾아가서 만나면 될 일 갖구선."

일본 형사가 놀라운 사실을 말해 주었다.

"이미 사라진 지 오래다."

"예에?"

믿을 수 없는 일이었다. 그저께만 해도 도중도에 들러 우의 선생님께 인사드렸기 때문이다. 설마 지난번에 벌인 동리 부흥 운동 때문에 그런가 싶어 일본 형사에게 따져 물었다.

"우의 선생님이 뭐 잘못한 거라두 있슈?"

일본 형사가 중절모를 고쳐 쓰더니 대문을 나섰다.

"아무것도 모르는군. 볼 일 없으니 이제 가거라."

그러면서 골목길로 횅하니 나가는 게 아닌가. 나는 뒤에다 대고 소리쳤다.

"우의 선생님이 대체 뭘 잘못했냐구유!"

일본 형사는 여전히 대답해 주지 않았다. 나는 순간 열이 올라 소리 질렀다.

"여어! 조선 사람 다 잡아들여야 속이 풀리는 겨!"

그제야 일본 형사가 매서운 눈초리로 뒤돌아보았다. 나는 달음박질할 준비를 하며 계속 소리쳤다.

"내 나중에 느그들 죄다 몰아낼 거여, 이 오라질 놈들아!"

속에 있던 말을 쏟아 내며 형사를 노려보았다. 잡으러 쫓아올 줄 알았더니 형사가 차갑게 웃고는 다시 몸을 돌려 제 갈 길을 가

버렸다. 그 모습에 더욱 부아가 치밀어 주먹이 부들부들 떨렸다.

형사의 모습이 사라졌다. 이러고 있을 때가 아니었다. 나는 한달음에 도중도까지 달려가 우의 선생님 댁 마당으로 뛰어 들어갔다.

"우의 선생님! 우의 선생님!"

마당에는 용순 사모님과 순이가 서 있었다. 순이의 낯빛을 보니 나와 마찬가지로 소식을 듣고 허겁지겁 달려온 게 틀림없었다.

"느 집도 왜놈 형사가 다녀간 겨?"

순이가 금방이라도 울 것 같은 얼굴로 고개를 끄덕였다. 나는 숨을 몰아쉬며 용순 사모님께 물었다.

"이게 어떻게 된 일이유?"

"스스로 집을 나가셨다."

용순 사모님의 목소리는 지극히 담담하고 고요했다. 선뜻 이해가 되지를 않아서 다시 물었다.

"스스로 나가셨는지 어떻게 알유? 얘기하고 나간 규? 왜 안 말렸슈?"

쏟아지는 물음에 용순 사모님은 대답 대신 사랑방에서 한지 한 장을 꺼내왔다. 그리고는 펼쳐서 보여 주었는데 한지에 이렇게 쓰여 있었다.

丈夫出家生不還　尹奉吉

"장부출가생불환……."

순이가 울먹이는 목소리로 띄엄띄엄 읽었다. 나는 옆에 쓰인 낙관을 읽어 보았다.

"윤…… 봉길."

이름 대신에 별명을 적었다. '봉길'은 우의 선생님이 중요한 문서에 서명할 때나 직접 펴낸 책에만 적던 별명이다. 이 종이에 봉길이라고 낙관을 한 것은 비장한 각오가 담겼다는 뜻이었다.

그제야 용순 사모님이 내막을 들려주었다.

"아침 일찍 부엌에 오셔서 물을 달라고 하더구나. 그래서 한 바가지 내드렸더니, 마시지 않고 멍하니 서 계시기에 이상하다 생각했지. 정오쯤에 사랑방을 정돈하려고 들어가 보니 이렇게 적어 놓고 가셨어."

장부출가생불환. 사나이 대장부가 뜻을 이루기 전에는 결코 살아 돌아오지 않는다. 평소에 우의 선생님이 우리에게 했던 말씀이다.

내가 야학하러 다닐 때부터 우의 선생님은 입버릇처럼 시골을 벗어나 더 큰 일을 도모하겠다는 뜻을 내비쳤었다. 이제 드디어 그 일을 실천에 옮겼나 보다. 일단은 왜놈들에게 끌려간 게 아니라 안심이 되었다.

"사모님, 우린 이제 어떡해유?"

순이가 끝내 울음을 터뜨렸다. 그도 그럴 것이 순이네 식구는 지금껏 모두 야학에 다니며 공부해 왔다.

'나랑 같이 학교 다니지 않을려? 괴롭히는 놈은 내가 다 손봐
줄 테니께.'

이 말이 목구멍까지 올라왔지만 그만두었다. 순이네 형편이 어
려운 건 둘째 치고, 며칠 전에 순이에게 잘못한 것이 떠올라서였
다. 도무지 이 상황에 낯간지러운 말을 꺼낼 수가 없었다.

대신 용순 사모님에게 인사드렸다.

"지는 이만 들어갈게유. 우의 선생님 소식 들으면 꼭 전해 주유."

사모님은 힘없는 낯빛으로 그러마고 대답했다. 순이는 아직 사
모님 옆에 있는 게 나을 듯하여 두고 나왔다.

사립문을 벗어나 도중도의 개울을 건너며 생각에 잠겼다. 우의
선생님은 얼마나 오래전부터 이 일을 계획하고 있었던 걸까. 내
게 귀뜸조차 해 주지 않고 떠난 것이 서운했다. 나라면 충분히 이
해했을 터인데.

그때, 맞은편에서 누군가 헐레벌떡 뛰어오는 게 보였다. 가람이
였다.

"여어, 여기는 웬일이여?"

내가 먼저 알은체를 했는데 가람이는 대답 대신 숨을 몰아쉬며
말했다.

"우의 선생님이 사라졌다며. 얘기 들었어?"

나는 고개를 끄덕였다. 가람이가 하나 더 물어보았다.

"선생님을 쫓는 형사도 봤어?"

"우리 말 기막히게 잘하는 왜놈 형사? 당연히 봤지."

그런데 가람이의 말이 의외였다.

"그 형사 빨리 쫓아가서 잡아야 해! 그대로 두면 큰일 나!"

"뭔 소리여. 활개 치고 다니는 왜놈 형사를 우리가 무슨 수로 잡어?"

가람이가 더욱 놀라운 말을 꺼냈다.

"그 형사 가짜야! 우의 선생님을 잡으러 온 게 아니라 죽이러 왔다고!"

"기여?"

정신이 번쩍 들었다. 우의 선생님이 큰 포부를 가지고 떠난 마당에 목숨을 노리고 추격하는 사람이 있다니?

이대로 가만히 있을 수는 없었다. 내가 먼저 가람이의 손을 잡아끌며 재촉했다.

"그럼 쫓아가야지! 어디로 갈 겨?"

"삽교역으로 가자. 가짜 형사가 기차를 타고 우의 선생님을 쫓는다고 했어."

삽교역은 우리 동리에서 가장 가까운 역이다. 나는 두말없이 앞장섰다. 가람이가 어째서 이런 내막을 알고 있는지 궁금했지만 그것은 나중에 물어보면 될 일이었다.

온몸의 피가 끓어오르는 기분이다.

아빠가 옆 동네에 왕진하러 집을 비운 사이, 한눈에도 수상해 보이는 형사가 마당에 들이닥쳤다. 대청에 누워 웨어컴을 만지작거리고 있던 나는 황급히 일어나 앉으며 웨어컴을 소매로 감췄다.

형사가 한껏 비열해 보이는 웃음을 지었다.

"여긴 뭐 하는 곳인가?"

그런데 뉘앙스가 어딘가 모르게 이상했다. 정말 몰라서 그런다기보다는 우리더러 여기서 대체 무얼 하느냐고 따져 묻는 느낌이 들었기 때문이다. 나는 시치미를 떼고 대답했다.

"의원 집인데요."

형사는 대청에 널려 있는 주사기와 혈액 샘플을 유심히 살펴보더니 더 의심하는 눈초리가 되었다.

"이런 시골에 양의가 웬 말인가. 의원은 지금 어디 있어?"

"왕진하러 나가셨어요."

왠지 자세한 대답을 하면 더 캐물을 것 같아서 일부러 어리숙한 표정을 지었다. 형사의 입꼬리가 더욱 말려 올라갔다. 그리고는 주머니에서 조그마한 흑백 사진을 꺼내 보이며 물었다.

"이 자를 아나?"

다름 아닌 우의 선생님이었다. 당연히 알고 있었지만 모른 척하고 고개를 저었다. 그랬더니 형사는 더 심문하지 않고 순순히 돌아섰다. 조금 전까지 우리 집에 대해서 비교적 자세히 따져 물은 것치고는 의외였다.

왠지 찜찜한 기분이 들어 형사가 나간 뒤에 담장 밖으로 슬쩍 내다보았다. 형사가 옆집과 뒷집까지 살기등등한 얼굴로 들어갔다 나오는 모습이 보였다. 우리 집만 찾아온 게 아닌가 보다.

형사가 길목을 나서는 모습까지 지켜보고 그만 엿보려고 했다. 그런데 다음 순간, 내 눈을 의심했다. 형사가 주변에 아무도 없는 걸 확인하더니 손목에 대고 이렇게 말했기 때문이다.

"사람들이 거의 다 시치미를 떼는군. 아무래도 기차를 타고 쫓아야겠다. 준비하고 있어라."

방금 통화를 했다! 이 시대에 휴대용 원거리 통신 수단이 있을 리 없다. 분명히 미래에서 쓰는 웨어컴이 틀림없다. 순간 온몸에 소름이 돋았다.

저 사람은 어디에서 온 걸까? 내가 찾던 일본의 리플렉터를 타고? 그게 아니면 우리보다 더 먼 미래에서? 이 두 가지가 아니고서는 이 상황을 설명할 길이 없었다. 그런데 형사의 다음 말을 듣고, 나는 내 귀마저 의심했다.

"윤봉길이 예정보다 일찍 사라졌다. 오늘 날짜 체크해 두고, 우리가 실수한 건지 기록에 오류가 있었는지 가려야 한다. 어쨌든 지금 쫓아가서 없애 버린다."

통화하는 형사의 말 중에 '윤봉길'이라는 어절이 머리를 강타했다. 형사가 완전히 사라진 뒤에 나는 조심스럽게 웨어컴을 꺼냈다. 그리고 설마 하는 마음으로 검색해 보았다.

윤봉길(윤우의). 독립운동가.

첫 줄의 내용과 흑백 사진을 확인하자마자 소스라치게 놀랐다. 두툼한 턱에 강직해 보이는 인상이 최근에 만난 우의 선생님과 닮았기 때문이다. 본명이 '윤우의'일 줄은 꿈에도 몰랐다.

우리는 분명 변 차장이 지정해 준 장소로 리플렉터를 타고 왔다. 마침 조상이 살던 마을이 근처에 있었기에 이곳으로 잠입한 것이었다. 그런데 덕재가 윤봉길 의사와 한마을에 살고 있으리라고는 상상도 못 했다. 게다가 이곳에서 또 다른 미래인도 발견하다니!

당장 가짜 형사를 붙잡고 싶었지만 혼자만으로 될 일이 아니었다. 마을 사람들에게 얘기할 수도 없는 노릇이었다. 내 말을 들어줄 사람도 없을 뿐더러, 이 시대에서 일본인을 잘못 건드렸다간 큰일이 날 수도 있다. 그래서 허겁지겁 전파탐지기와 스턴 건을 챙겨 덕재에게 달려온 것이다.

한참을 걷다 보니 날이 어둑해졌다. 마을을 벗어난 지 한 시간째였다. 아까부터 목이 타기 시작했다.

"어째 걸어도 걸어도 끝이 없어?"

"쬐끔만 더 가면 삽교여."

길을 잘 아는 덕재가 심드렁하게 대꾸했다. 마을에서 가장 가까운 역이라곤 해도 머나먼 길이었다. 게다가 형사를 따라잡기 위해서 뛰어가듯이 걷다 보니 힘들었다. 체력 단련을 해 두지 않았으면 이미 지쳐 포기했을 것이다.

나는 걸으며 생각해 보았다. 그 사람은 왜 윤봉길 의사를 없애려는 걸까. 역사를 다르게 바꿔 보려고? 행색을 보니 일본에서 만든 리플렉터를 타고 온 사람 같은데 지령을 받은 걸까?

변 차장은 내게 절대로 과거의 사건을 바꾸려고 하지도 말고, 연루되지도 말라고 강조했다. 그래서 우리는 한적한 시골에서 면역 혈청만 구한 다음, 조용히 미래로 돌아갈 계획이었다.

일본 형사가 타고 온 리플렉터는 어디 있는 걸까. 이대로 쫓으면 찾을 수 있을까? 우리 가족의 안전과 나의 장래를 위해서는 반드시 일본의 리플렉터를 미래로 귀환시켜야만 한다.

이런저런 생각으로 복잡한데, 덕재가 갑자기 내 어깨를 툭 쳤다.

"왜 그래?"

"쉿!"

덕재가 검지를 입에 가져다 댔다. 그리고는 다시 앞을 가리켰다. 어둑해진 풍경을 자세히 보니 저 멀리 까마득한 곳에 걸어가는 사람이 보였다. 시골길에 어울리지 않는 양복과 중절모. 마을에서 봤던 일본 형사였다. 이제야 따라잡은 것이다.

"저게 보였어? 눈 되게 좋다."

덕재는 내가 감탄하는 말에도 아랑곳하지 않고 몸을 낮추라는 손짓을 했다. 먼저 형사를 쫓아가자고 한 것은 나인데, 덕재가 훨씬 진지하다.

우리는 형사와 멀찍한 간격을 유지한 채, 삽교에 도착할 때까지 계속 쫓았다.

삽교는 마침 장날이라 북적거렸다. 정돈되지 않은 저잣거리가 눈을 어지럽게 했고, 끝없이 몰려와 옷깃을 스쳐 가는 사람들도 정신을 혼미하게 만들었다. 날이 완전히 저물어 땅거미가 짙어졌는데도 시장에는 활기가 여전했다.

그 때문에 우리는 일본 형사에게 더욱 가까이 붙어서 미행해야 했다. 정신을 잠깐 다른 곳에 팔았다간 형사가 시야에서 사라지기 일쑤였다. 눈이 좋은 덕재가 아니면 벌써 놓쳤을 것이다.

형사는 뭔가를 찾고 있는지 역 주변을 계속 돌아다녔다. 우리는 신경을 곤두세운 채로 사람들 틈을 비집으며 쫓았다. 그런데 갑자기 고함 소리가 들려왔다.

"덕재야아! 덕재 이눔아!"

그 소리에 덕재는 물론 나도 화들짝 놀랐다. 꽤 정정해 보이는 노인이 저 멀리 서 있었다. 노인 옆에는 커다란 지게가 놓여 있고, 그 안에 항아리 같은 게 여럿 들어 있었다. 덕재가 단박에 노인을 알아보고는 곤란한 기색을 감추지 못한 채 인사했다.

"아이구우 세상에, 할아부지 여기서 뵙네유!"

"오냐, 이눔아. 공부는 안 허구 왜 이런 델 쏘다니는 겨?"

덕재가 갑자기 내 손을 잡아끌더니 노인 앞에 세웠다.

"얘가 경성에서 전학 왔는디유, 울 학교서 공부를 젤루 잘 허유. 같이 공부하다가 세상 구경 좀 시켜 줄라고 델꾸 나왔슈."

덕재가 천연덕스레 지어내는 거짓말이 꽤 그럴듯했다. 노인은 한쪽 눈을 찡그리고 나를 위아래로 훑어보더니 품평하듯 말했다.

"허, 고놈 참 곱상하게두 생겼다. 똘똘해 보이는구먼."

덕재가 내게 말했다.

"인사 안 드리구 뭐 혀, 우리 할아부지여."

이미 짐작은 하고 있었지만, 덕재의 말을 듣고 다시 한번 놀랐다. 나는 고개를 숙여 인사했다.

"안녕하세요……."

"오오냐."

이 노인도 나의 조상인 셈이었다. 덕재가 내 고조할아버지니까, 덕재의 할아버지는 뭐라고 불러야 하는 거지?

덕재가 다급한 목소리를 냈다.

"우리 배고파서 그런디, 근처서 국밥이나 후루룩 말아 먹구 들어갈게유."

주위를 둘러보니 이미 형사의 모습이 사라지고 없었다. 내 손에 땀이 흥건해졌다. 할아버지가 느긋하게 고개를 끄덕이더니 주머니를 뒤적거렸다.

"그려. 여서 본 것도 인연인디, 국밥은 할아부지가 사 주야지. 어디 한번 가 볼까나, 요 근처 국밥집이……."

지금 이 할아버지가 우리를 따라오겠다니 청천벽력 같은 일이었다. 덕재가 팔을 휘휘 저었다.

"아뉴 아뉴, 우리 좀 더 구경허다 가야겄슈! 할아부진 마저 일 봐유."

할아버지가 멋쩍게 웃더니 주머니에서 돈을 꺼냈다. 그러고는 내 손에 일 원짜리 지폐 두 장을 쥐여 주었다.

"우리 손자가 말썽을 부리긴 혀도 순진하거던. 공부 도와주믄서 친하게 지내거라."

"고맙습니다……."

조상님이 내게 고조할아버지를 잘 돌봐 달라고 부탁하니 기분이 묘했다. 덕재는 그 말이 낯간지러웠는지 빨리 가자며 내 옷깃을 잡아끌었다. 마침 손님 한 명이 와서 할아버지에게 말을 건 틈에 우리는 빠져나왔다.

"허, 어째 놓친 것 같은디."

덕재가 허탈한 목소리를 냈다. 이렇게 복잡한 저잣거리에서 형사를 다시 찾기란 사막에서 바늘 찾기였다. 그런데 곰곰이 생각해 보니 해결책이 떠올랐다.

"그냥 역에 가서 기다려 보자. 어차피 형사가 기차를 타러 올 거 아냐."

"역시 똑똑하다니께!"

덕재가 내 말에 격하게 수긍하고는 방향을 바꿨다.

역 근처에 와 보니 화려한 점포들이 눈에 들어왔다. 과일 가게와 포목점, 그리고 헌 옷 가게도 있었다. 다양한 가게가 옹기종기 자리 잡은 모양이 꽤 볼만했다. 과거에는 역을 중심으로 발전했다더니 맞는 말이었다.

백열가스등이 어지럽게 수놓아진 조명 가게를 지나칠 무렵이었다.

"어머, 가람아!"

갑자기 조명 가게 안에서 날 부르는 목소리가 들렸다. 누군가 살펴보니 다름 아닌 초희였다. 세상에, 여기서 마주칠 줄이야.

초희는 마을이나 학교에서는 본 적 없었던 검정 원피스를 입고 있었다. 미래에서 자주 봤던 미니스커트보다는 긴 치마였지만, 구두 위로 드러난 발목과 굴곡진 종아리가 빛나 보일 정도였다. 나는 급한 것도 잊고 반갑게 인사했다.

"여긴 웬일이야?"

초희는 양손에 물건 꾸러미를 잔뜩 들고 있었다. 초희가 우리를 보고 의아해 하는 말투로 물었다.

"오늘 장날이라 구경하러 나왔지. 너흰 무슨 일로 왔어?"

어떻게 대답해야 할지 몰라 순간 망설였다. 그런데 덕재가 나를 잡아끌었다.

"허, 진짜. 오늘 재수 똥이구먼. 급해 죽겄는디 아는 사람을 왜케 마주쳐 싸는 겨. 신경 쓰지 말고 어여 가자."

덕재는 초희에게 항상 이런 식이다. 하지만 그에 맞서는 초희도 만만치 않았다.

"뭐, 재수 똥? 나도 여기서 널 보니까 재수 똥이거든!"

그러자 덕재가 신경질을 섞어 쏘아붙였다.

"여자가 밤에 쏘다니는 버릇하믄 안 된다고 혔잖어! 언능 집에 들어가."

"진짜 어이없네. 여자는 왜 안 되는데?"

이건 완전히 여우와 두루미의 대화다. 주위 사람들이 지나가며 쳐다보는데도 둘은 아랑곳하지 않고 계속 말다툼이다. 이러다 형사를 놓치는 건 시간문제였다. 초희는 의혹이 가득한 눈빛으로 물었다.

"솔직히 말해 봐. 너희 지금 장 보러 온 거 아니지? 아무래도 이상한 짓을 꾸미고 있는 것 같은데."

나는 고개를 저었다.

"아니야, 그런 거."

초희가 덕재를 가리키며 말했다.

"아니긴 뭐가 아니야. 그러면 쟤가 급하다는 말을 왜 해? 지금 나한테 숨기려는 모양인데, 말해 주지 않으면 너희랑 안 떨어질 거야."

덕재는 기가 막히는지 "허!" 하고 숨을 뱉으며 허공을 흘겨보았다. 나는 초희의 눈치를 조심스럽게 살폈다. 아무래도 성격이 똑 부러진 초희를 속이고 지나가기가 쉽지 않을 것 같았다. 그래서 덕재에게 물어보았다.

"초희도…… 데려갈까? 어쩌면 도움이 될지도 모르잖아."

초희가 솔깃해 하는 눈치였다. 하지만 덕재의 얼굴은 일그러졌다.

"그걸 말이라고 혀? 막말로다가, 잘못해서 쟤 다치기라도 하믄 누가 책임질 겨?"

"아주 날 짐짝 취급하네!"

덕재의 말을 들은 초희가 얼굴을 더욱 붉혔다. 엉뚱하게도 이

와중에 초희의 그런 표정이 한층 더 예뻐 보였다.

"내가 책임지면 되잖아. 그러니까 데려가자."

나도 모르게 이 말이 튀어나왔다. '책임'이라는 말 때문에 스스로 깜짝 놀라 얼굴이 화끈거렸다. 초희가 웃은 것 같았는데, 부끄러워서 눈을 마주 볼 수가 없었다. 덕재가 혀를 끌끌 찼다.

"안 되겠다. 너 그냥 재 데리고 집에 들어가라. 나 혼자 쫓을 테니께."

덕재가 홱 돌아 역으로 걷기 시작했다. 그러자 초희가 얼른 한마디 던졌다.

"걱정 마, 방해하지 않을게!"

"나도 초희한테 단단히 주의시킬게."

또 생각보다 말이 먼저 튀어나와 버렸다. 덕재는 뒤도 돌아보지 않고 대답했다.

"아, 물러! 맘대로 혀."

겨우 덕재의 승낙을 받았다. 초희와 난 서로 마주 보며 씩 웃고는 덕재 뒤를 따라갔다.

예상대로 형사는 역 안의 대기실에 나타났다. 미리 흩어져서 기다리던 우리는 형사를 따라 상행 기차에 올라탔다. 형사가 마지막 칸에 탔기 때문에 우리는 바로 그 앞 칸에 머물렀다.

기차가 어느덧 오가역을 지나 예산역에 가까워졌다. 형사는 아직 별다른 움직임을 보이지 않았다. 그사이 초희에게 자초지종을 전부 설명해 줬는데, 형사가 미래에서 왔을 거란 이야기는 빼고 말했다.

예상외로 초희는 화들짝 놀라지 않았다. 고개를 끄덕여 가면서 끝까지 듣더니 우의 선생님이라면 충분히 일본에서 노릴 만하다고 했다. 여기 사람들은 그러려니 하는데 괜히 나만 역사적인 인물이란 걸 알아서 흥분한 건가?

형사를 쫓는 건 분명 위험천만한 일인데도, 초희는 무서워하거나 집에 가겠다고 말하지 않았다. 나는 그 모습에 다행이란 생각이 먼저 들었다.

"잠깐 볼일 좀 보고 올게."

옆에 앉아 있던 초희가 조용히 일어섰다.

"어디 가?"

내가 반사적으로 묻자, 초희가 얼굴을 살짝 붉혔다.

"화장실……."

으윽, 괜히 물어봤다. 초희는 부끄러운지 서둘러 칸을 빠져나갔다. 나는 초희의 뒷모습을 물끄러미 바라보았다. 검정 치마와 흰 저고리를 입었을 때는 몰랐는데, 허리가 잘록한 원피스를 입으니 무척 늘씬해 보였다. 키도 훤칠한 편이어서 뒷모습만 봐서는 아가씨라고 해도 믿을 정도였다.

"여어, 지금 뭔 생각허여?"

앞쪽에 서 있던 덕재가 얼빠져 있는 내게 주의를 주었다. 아까부터 초희와 시시덕거리던 나를 줄곧 뱁새눈으로 째려보고 있었다. 무안한 기분을 없애려고 덕재에게 아무 말이나 내뱉었다.

"저 형사를 어떻게 잡지. 아직도 꼼짝 않고 앉아 있어?"

내 말을 듣고 덕재도 불안했는지 다시 한번 형사의 동태를 살피러 갔다. 객실의 문을 아주 조금 열고 형사가 자리에 있나 보는 것이었다. 한참을 지켜보던 덕재가 황급히 뛰어왔다.

"왜놈 형사가 일어섰어!"

나도 벌떡 일어났다. 조금 있으면 예산역이라, 형사가 여기에서 내린다면 우리도 따라 내려야 한다. 출구가 우리 칸에 있기 때문에 마지막 칸에서 내리는 사람들은 이쪽으로 와야 했다. 우리는 뒤 칸과 통하는 문 옆에 바짝 달라붙어 숨었다. 사람들이 이상한 눈으로 쳐다보았지만 어쩔 수 없었다.

이윽고 예산역에 도착하자, 사람들이 내리기 시작했다. 덕재와 나는 숨을 죽이고 뒤 칸에서 건너오는 사람을 하나씩 살펴보았다. 몇 명 되지 않는 사람 중에 형사는 없었다.

기차가 다시 출발한 뒤에 우리는 일어섰다. 그렇다면 형사는 아직 뒤 칸에 있을 것이다. 덕재가 다시 객실의 문을 조금 열고 뒤 칸을 살펴보았다.

"읎는디!"

덕재가 무척 당황스러워했다. 아무래도 무언가 이상한 느낌이

든다. 나는 덕재의 등을 건드리며 말했다.

"뒤 칸으로 가 보자."

쿠쿵, 쿠쿵! 쿠쿵, 쿠쿵!

문을 여니 기차 소리가 요란했다. 그 소리와 함께 내 심장도 요동을 쳤다. 뒤 칸으로 들어가자마자 형사와 맞닥뜨리기라도 하면 끝장이다. 틈새로 들이치는 바람이 머리를 헝클어 놓아 기분이 더욱 심란해졌다.

끼이익…….

조심스럽게 문을 열고 들어갔는데 다행히 마주치지 않았다. 혹시 형사가 숨었나 싶어서 문 뒤까지 살펴보았다. 덕재 말대로 진짜로 형사가 보이지 않았다.

"이상하네. 어디로 간 거야?"

우리는 홀린 듯이 객실 구석구석을 찾아보았다. 사람도 몇 없어서 그다지 눈치 볼 필요는 없었다. 여기가 마지막 칸이라 형사가 다른 데 갔을 리도 없었다.

덕재가 앞쪽을 살피는 동안에 나는 뒤쪽을 둘러보았다. 그런데 객실 맨 끝에 문이 하나 보였다. 마지막 칸이라 전혀 생각 못 했는데, 뒷문이 하나 더 있었던 것이다. 어두워서 가까이 와 보고야 알았다.

나는 숨을 죽이고서 문을 아주 조금 열어 보았다. 기차가 공기를 가르며 달리는 소리가 더욱 크게 들렸다. 문틈 사이로 밤하늘과 어지럽게 스쳐 지나가는 나무들이 보였다.

눈을 대어 살펴보니 문밖으로 발코니처럼 생긴 공간이 보였다. 사람이 두세 명 정도 서 있을 만한 크기였다. 문을 조금 더 열자, 중절모를 쓴 어른의 뒷모습이 눈에 들어왔다. 바로 우리가 찾던 형사였다!

웨어컴으로 또 누군가와 통화를 하는 모양이었다. 기차 소리가 시끄러워 그런지 몸을 잔뜩 웅크리고 있었고, 내가 문을 더 열어도 뒤돌아보지 않았다. 지금이 형사를 붙잡을 기회였다.

조용히 스턴 건을 뽑아 들었다. 한 손으로 스턴 건을 가린 채로 형사를 조준했다. 그런데 방아쇠를 당기려는 순간, 덕재가 다가왔다.

"왜 그려, 형사가 여기 있는 겨?"

나는 깜짝 놀라 스턴 건을 품속으로 집어넣었다. 그리고는 아무 일 없는 것처럼 고개만 끄덕거렸다. 갑자기 덕재가 씩씩거리며 소매를 걷어붙였다.

"여어, 니는 망보고 있어."

앞뒤 재 보지도 않고 덤비는 덕재의 모습에 당혹스러웠다. 나는 문을 막아섰다.

"야, 어떡하려고 그래. 상대는 어른이란 말이야!"

"비켜. 내 오늘 아주 끝장을 볼 겨."

덕재가 나를 밀쳐 내고 문 앞에 섰다. 더 말린다고 들을 것 같지도 않다. 아무리 주먹 대장이라지만 고조할아버지인 덕재가 잘못되면 나도 큰일이다.

덕재는 문틈으로 한번 흘끗 보더니 눈 깜짝할 사이에 달려들었다. 문이 쿵 닫히는 소리에 심장이 철렁했다. 창문이 없어서 상황을 파악할 수도 없었다. 그저 덕재가 무사하기만을 기도하는 수밖에.

어두운 객실에 몇 안 되는 승객은 대부분 잠들어 있었다. 기차도 무심하게 달리고 있을 뿐이었다. 나는 형사가 나올 것을 대비해 스턴 건을 꺼내 든 채로 기다렸다. 1초가 1분 같이 느껴졌다.

진짜로 1분 정도 지났을까. 뒷문이 벌컥 열렸다. 나는 숨을 죽이며 걸어 나온 사람을 올려 보았다.

입가에 흐르는 피를 쓱 닦으며 나타난 사람은 다름 아닌 덕재였다.

깊은 산 속으로

형사가 뒤돌아선 채로 몸을 웅크리고 있었다. 뺨과 목덜미가 밝게 빛나는 걸 보니 담배를 피우는 모양이었다. 한가롭게 밤 풍경이라도 감상하는 겐가?

이 틈을 놓칠 순 없다. 곧장 달려들어 난간에 기대고 있는 형사의 다리를 붙잡았다. 통째로 들어 올려 열차 밖으로 내던져 버릴 작정이었다.

"뭐, 뭐야 네놈은!"

형사는 의외로 민첩했다. 두 다리를 붙잡힌 상태에서도 완강히 저항했다. 형사의 구둣발에 얼굴을 연거푸 맞아서 눈앞이 번쩍했다. 하지만 나는 덩치가 어른만 한 익호와의 씨름에서도 오로지 근성 하나로 이긴 한덕재다.

"지옥에나 떨어져라, 이 오라질 놈아!"

힘껏 고함을 지르며 형사의 몸을 번쩍 들어 밖으로 밀어 버렸다. 그런데도 형사는 두 손으로 난간을 붙잡으며 버텼다. 정말로 끈질긴 왜놈 형사였다.

난간에 매달린 형사의 손을 떼어 내려는 순간이었다. 형사가 내 얼굴을 보더니 똑똑히 들리도록 말했다.

"너, 아까 마을에서 봤던 그 녀석이구나!"

왜놈 형사가 날 기억하고 있었다. 나는 순간 멈칫했다.

"두고 보자, 내가 너 가만두지 않을 거야."

그러면서 형사가 난간을 붙잡던 손을 스스로 놓았다. 형사가 선로 위를 구르는 듯싶더니 이내 시야에서 사라졌다.

문을 열고 나오자, 가람이가 화들짝 놀랐다. 형사를 맞닥뜨려도 저렇게 놀라지는 않겠다. 그러니까 저 품새는 내가 이길 줄 전혀 몰랐다는 건데, 참 괘씸한 녀석이다. 나는 입가에 흐르는 피를 닦아 내고 주먹을 치켜들었다.

"열차 밖으로 확 밀어 버렸어."

뜻밖에도 가람이는 좋아하는 대신 냉하게 물었다.

"그래서 형사는?"

"아마 다치긴 했어도…… 살아 있겠지?"

내 말이 끝나자마자 가람이가 손으로 얼굴을 덮고 한숨을 쉬었다. 동시에 초희가 놀란 얼굴로 뛰어와서는 우리에게 따져 들었다.

"뭐야 너희들, 말도 없이 사라지면 어떡해!"

반응들이 영 시원찮다. 요것들, 내가 왜놈 형사를 혼자 몰아낸 걸 질투하는 겐가? 괜스레 부아가 치밀어 올랐다. 가람이가 기운 빠진 투로 말했다.

"덕재야, 우리는 지금 형사를 붙잡아야 해. 그렇게 놓쳐 버리면 그 형사는 언제든 우의 선생님을 쫓아가서 없애 버린다고."

"기차에서 떨어졌으니께 이젠 우의 선생님을 못 따라갈 거 아녀?"

가람이가 고개를 저었다.

"그 형사는 앞으로 우의 선생님이 언제 어디로 갈 건지 다 파악하고 있어. 그래서 붙잡아야 하는 거야."

"니가 그걸 어찌 아는 겨?"라고 물어보려다 초희가 승냥이마냥 째려보는 바람에 관두었다. 거참, 힘들게 일을 해내고도 지청구 들어 먹기는 오랜만이다.

가람이가 주머니에서 조그만 물건을 꺼냈다. 접때 가람이네 집에 갔을 때 보았던 '라디오'란 물건이었다. 왜 여기서 이걸 꺼내는지 궁금했다.

"뭐여, 또 아악 들려주는 겨?"

"조용히 해."

가람이가 나를 한마디로 무시했다. 아유, 친구만 아니어도 한 방에 그냥⋯⋯.

삐. 삐. 삐.

귀를 기울여 보니 접때 들었던 파찰음과는 달리 조그만 소리가 들렸다. 유심히 듣던 가람이가 무언가를 느꼈는지, 라디오의 접혀 있던 부분을 펼치기 시작했다. 신통하게도 널따란 판이 만들어지면서 책자만 한 화면이 생겨났다. 아무리 미제라고 하여도 저런 물건은 생전 처음 본다.

"진짜 신기하다. 이거 단순한 라디오 아니지?"

초희도 적잖이 놀란 모양이다. 하여간 초희는 가람이와 같은 신식 가정이래도 한참 뒤처졌다. 가람이가 진중한 투로 말했다.

"너희에겐 말해 줘도 잘 모르겠지만, 이건 전파를 추적하는 탐지기야. 이렇게 펼쳐 놓으면 형사의 위치를 잡아낼 수 있어."

화면에 붉은 세모 표시가 두어 개 움직이고 있었다. 가람이는 빠르게 움직이고 있는 세모가 우리 표시라고 했다. 그리고 우리에게서 점점 멀어지는 세모는 방금 기차에서 떨어진 형사의 표시라고 했다.

"이제 기차를 타고 있어 봐야 소용없어. 이번 역에 내려서 형사를 뒤쫓자."

할 수 없이 고개를 끄덕였다. 나는 초희에게 떠보듯 한마디 던졌다.

"여어, 니는 역에 남아 있어."

"무슨 소리야! 나도 갈래."

허, 진짜 못 말리겠다. 계집애가 뭔 말만 하면 반대로 하니 열불이 난다. 어쨌든 가람이가 책임진다고 했으니 더는 신경 쓰지 말아야지.

우리는 하릴없이 신식 물건의 화면만 멍하니 바라보았다. 그런데 이상한 변화가 생겼다. 방금까지만 해도 진하게 표시되었던 우리 쪽 세모가 돌연 엷어진 것이다. 가람이가 소스라치게 놀랐다.

"어! 신호 두 개가 겹쳐 있었나? 방금 하나가 사라진 것 같은데."

가람이가 심각한 표정으로 말하는데 도통 뭔 소린지 못 알아듣겠다. 초희는 알은체를 했다.

"혹시 잘못 본 거 아냐?"

"그, 그런가? 설마, 잘못 봤을 리는 없는데……."

가람이는 아리송한 낯빛으로 고개를 연신 갸우뚱거렸다. 나는 신식 물건 얘기라면 문외한이다. 괜히 물어봤다가 초희에게 면박을 당하느니 아예 아무 말 않기로 했다. 이따 왜놈 형사를 만나기만 하면 아주 박살 낼 각오나 해야겠다.

우리는 신례원역에서 내렸다. 역은 형사를 떨어뜨린 곳과 가까운 편이었다. 가람이 말로는 형사가 우리와 십 리도 안 떨어져 있다고 했다.

역을 벗어나 한적한 마을로 접어들었다. 울퉁불퉁한 논밭이 이어진 들길을 한참 걸었다. 깜깜한 밤이라 개울가에서 졸졸 들려오는 물소리가 을씨년스러웠다. 처음에는 몰랐는데 걷다 보니 밤바람도 차가웠다. 엊그제가 춘분이었는데도 겨울 날씨를 방불케 했다. 꽃샘추위가 제대로 찾아온 모양이다.

"가람이 뒤에서 걸으니까 신기할 정도로 안 춥네."

초희가 가람이의 등에 딱 붙다시피 걸으며 말했다. 매서운 바람을 피하려 그러는 건 알겠는데 영 볼썽사나웠다.

가람이가 전파 머시긴가 하는 물건을 다시 펼치더니 화면을 살펴보았다.

"아무래도 형사는 저 산속으로 들어간 것 같아."

눈앞에 보이는 산을 가리켰다. 그다지 높진 않지만 나무가 거무죽죽하게 우거진 모습이 으스스했다. 초희가 울상이 되었다.

"난 몰라! 나 지금 구두 신었단 말야. 지금도 깜깜해서 무서워 죽겠는데 저 산을 어떻게 올라가?"

초희의 꼴을 보아하니 구두뿐만 아니라 신식 옷도 치렁치렁한 것이 산을 타기엔 어려워 보였다. 무턱대고 따라온 주제에 저리 겁이 많아서야. 나는 부아가 치밀어 쏘아붙였다.

"내가 역에 남으라고 혔잖어! 이제 돌아갈 수도 없는디 어쪽할 겨?"

이번만큼은 초희가 아무 소리도 못 했다. 가람이가 내 말을 가로막았다.

"너무 그러지 마. 초희야, 내 옆에 떨어지지 말고 있어. 그럼 덜

무서워."

얼씨구, 잘들 논다. 이게 담력 키우기 놀이라도 되는 줄 아나? 가람이는 초희를 너무 생각 없이 감싼다. 기가 차서 뱉어 낸 헛숨이 달 앞에서 뽀얗게 흩어졌다.

아우우우.

산에 들어서니 어디선가 늑대 울음소리가 들렸다. 가까운 곳에서 나는 소리였다. 왜놈들이 늑대를 잡아들인 바람에 근래 보기 어려워졌는데, 이 산엔 아직 남은 모양이다. 아니나 다를까 초희가 오두방정을 떨었다.

"꺄아악! 나 늑대 소리 처음 들어 봐."

그러면서 가람이 등 뒤로 바싹 달라붙었다. 가람이의 말은 더욱 가관이었다.

"정신 바짝 차리자. 잘못하다간 잡아먹힐 테니까."

에라, 이 경성 촌것들. 나는 신식 동무들을 조롱하듯 말했다.

"늑대가 무신 호랭이라도 뎌? 요즘은 사람만 봤다믄 도망치니께 걱정 말어."

초희는 바로 납득하지 못했다.

"정말? 늑대들은 원래 떼 지어 다니면서 닥치는 대로 습격하잖아."

그 말에 코웃음을 쳤다. 초희가 경성 출신이다 보니 어디서 들은 잡지식만 있지 요즘 상황을 모르는 모양이었다.

"어허, 몰려다닐 늑대가 있으야 떼를 짓든지 말든지 할 거 아녀. 요즘 산에 있는 놈들은 거의 외톨이 신세여. 울 셋만 힘을 합쳐도 못 덤빈다니께."

그제야 가람이와 초희가 안심한 듯 고개를 끄덕였다.

우리는 말없이 한참을 걸었다. 산 중턱에는 길이 정돈되어 있지 않은 탓에 수풀을 직접 헤치고 올라야 했다. 그나마 산길에 익숙한 내가 길을 내며 앞장섰고 그 뒤를 가람이가 쫓았으며, 초희가 가람이의 등에 바짝 붙어 따라왔다. 나뭇가지와 억새를 걷어 낸 손에서 나는 풋풋한 풀 냄새가 코를 찔렀다.

그러던 중, 가람이가 갑자기 멈칫했다.

"어! 방금 형사의 신호가 사라졌어."

"그게 무신 소리여?"

"방금까지만 해도 우리랑 무척 가까웠는데……. 아무래도 전파가 나오는 물건을 모두 껐나 봐."

잠자코 지켜보고 있던 초희도 조심스레 물었다.

"그 사람이 얼마나 가까이 있었기에 그래?"

"글쎄, 분명한 건 우리와 지금 같은 산에 있다는 정도?"

가람이의 말대로라면 왜놈 형사와 언제 맞닥뜨릴지 모른다는 소리였다. 우리는 발 소리와 숨 소리를 죽이고는 더 가까이 뭉쳐서 걷기 시작했다.

봉우리 근처에는 날이 더욱 추웠다. 밤이 깊어진 탓도 있었다.

모르긴 몰라도 지금이면 해시(밤 9~11시경)에 접어들었을 것이다. 높은 곳에서 몰아치는 바람이 살을 에는 듯했다.

"아흐흐, 춥다."

초희가 손을 비비며 덜덜 떨었다. 입고 있는 신식 옷부터가 종아리를 다 드러내고 있어서 추워 보였다. 가람이 역시 추위에 얼굴이 창백하기는 마찬가지였다. 순전히 초희를 대하는 체면 때문에 내색하지 않는 모양이다.

마침 내게는 순이에게서 받은 귀덮개가 하나 있었다. 철 지난 물건이라도 지금이라면 요긴하게 쓰일 터였다. 내가 쓰기에는 어색하여 초희에게 줄까 했는데, 물건이 사내 것인 데다가 색깔도 칙칙한 것이 영 어울리지 않았다. 그래서 가람이에게 건네주었다.

"이거라도 써볼 텨?"

가람이가 검은 털이 달린 귀덮개를 말없이 받아들었다. 한참을 이리저리 돌려 보며 모양을 살피는 눈치였다. 그러다 초희를 물끄러미 바라보더니, 냅다 귀덮개를 씌워 주는 것이 아닌가.

"어때, 따뜻하지?"

"응……."

초희가 가람이와 나를 번갈아 보며 수줍게 웃었다. 가람이 녀석, 남의 물건 가지고 생색을 내다니. 제 손에 코 안 묻히고 풀겠다는 심보 아닌가! 내가 눈총 보내는 걸 느꼈는지 초희가 귀덮개를 다시 벗었다.

"좋긴 한데, 덕재가 너 쓰라고 준 물건이니까 네가 써."

그러면서 귀덮개를 가람이의 귀에 두 손으로 씌워 주는데 가람이의 표정이 아주 가관이다. 그 꼴을 보고 있자니 괜히 열불이 났다. 이것들이 지금 정분 나누려고 예까지 올라왔나. 심사가 뒤틀어져 반대쪽으로 홱 돌아 걸었다.

"덕재야. 어디 가?"

가람이가 물었다. 나는 대답도 하지 않으려다가 툭 쏘아붙였다.

"오줌 누러 간다, 왜!"

그러고는 후미진 곳으로 성큼성큼 걸었다. 가람이와 초희는 서로 바싹 붙은 채로 내 쪽만 멀뚱히 바라보았다.

오줌을 눌 만한 장소를 찾기가 쉽지 않았다. 가람이와 초희가 산봉우리에 있어서 몸을 가릴 만한 곳이 별로 없었기 때문이다. 한참을 내려온 뒤에야 자리를 잡을 수 있었다.

"거참, 저 기지배만 아니믄 아무 데나 누어두 되는디."

신식 가정은 원래 남녀 간에 유별을 두지 않는 겐가? 서로 귀덮개를 씌워 주는 게 영 남세스러운데, 저 둘은 아무렇지 않게 하고 있다. 내가 순이에게 그럴 수 있을까 생각해 보았지만 상상하는 것만으로 낯부끄러웠다.

하지만 초희를 상냥하게 대하는 가람이를 보니 내가 그동안 순이에게 너무 쌀쌀맞게 굴었나 싶은 생각이 들었다. 우의 선생님이 나더러 배우라고 한 신식 가정의 습속이 이런 것일까?

쪼르르…….

오줌을 누며 다시 순이를 떠올렸다. 암만 생각해도 귀덮개를 건네 주던 순이에게 모질게 대한 것이 후회되었다. 사내면 몰라도 여자가 남자에게 선물을 주기란 보통 일이 아니었다. 순이 고 것이 달포가 넘도록 고민하다가 주었을 거란 생각을 하니 가슴이 더욱 미어졌다.

게다가 순이에게 닥친 사정도 떠올랐다. 식구들이 모두 야학을 다니고 있었는데 우의 선생님이 출가하여 이제 그만두게 생긴 것이다. 딸밖에 없는 집이라 첫째인 순이라도 계속 배워야 하지 않나 걱정이 되었다.

순이가 우리 학교에 같이 다니는 상상을 해 보았다. 순이를 괴롭히는 녀석을 내가 멋들어지게 혼내 주는 상상을 하니 괜히 설레어 미소가 머금어졌다.

바지를 걷어 올린 순간이었다. 갑자기 정체 모를 위협감이 머리를 스쳤다. 옆을 돌아보았더니 아뿔싸, 번쩍이는 눈동자가 날 노려보고 있었다.

"크르릉……."

바로 늑대였다. 저만치 위에서 나를 내려다보고 있었다. 하필 오줌을 누려고 혼자 떨어졌을 때 마주치다니. 가슴이 쿵쾅쿵쾅 뛰었다.

처음부터 날 공격하려 했다면 쥐도 새도 모르게 덮쳤을 것이다. 기습하지 않는 걸 보니 배고픈 게 아닌 모양이다.

한참을 얼어붙은 채로 지켜보았는데, 늑대 역시 미동조차 없었다. 내려왔던 길을 막고서 눈을 번뜩이는 것이 내가 왔던 길로는 절대 보내지 않으려는 모양이다. 내 아무리 혈기 넘치는 주먹 대장이라도 늑대는 혼자 상대할 짐승이 아니란 걸 안다. 할 수 없이 눈치를 보며 반대쪽 길로 뒷걸음질 쳤다.

늑대는 꿈쩍하지 않고 지켜볼 뿐이었다. 그러다 이상한 점을 발견했는데, 번쩍이는 눈동자가 하나인 것이었다. 무슨 연유인지 몰라도 애꾸눈인 모양이다.

나는 잰걸음으로 걷다 뒤돌아보기를 반복했다. 애꾸눈 늑대는 여전히 요지부동이었다. 그래서 나중엔 냅다 뛰었다. 일단 가람이가 있는 봉우리와 반대쪽으로 내려왔는데, 한참을 가다 보니 산 중턱의 계곡이 보였다.

늑대가 보이지 않을 때쯤 되어 일단 멈췄다. 다시 정상에 있는 가람이를 만나려면 다른 오르막길을 찾아야 했다. 주위를 둘러보았지만 온통 깜깜한 탓에 여간해서는 길을 찾기가 쉽지 않았다.

그러다 계곡 쪽을 무심코 바라본 순간이었다.

"엉? 저게 뭣이여?"

무언가가 달빛에 반사되어 반짝거리고 있었다. 마치 보석과도 같은 광채였다.

나는 호기심이 동하여 그리로 내려가 보았다. 가까이 다가갈수록 모양새가 점점 드러났다. 얼핏 보니 달구지보다 좀 더 큼직하고 형태가 둥그런 것이 가마와 같은 모양새였다.

저런 게 어떻게 이런 산중에 있을까? 나는 계곡 바위를 더듬어 내려가서 해괴한 물체 앞에 섰다. 역시나 사람이 두어 명쯤 들어갈 수 있게끔 생겼다. 만져 보았더니 반질반질하고 매끈했다. 정말로 보석을 만지는 느낌이 들었다. 이것이 진짜 보석 가마는 아닐 테고, 당최 뭣에 쓰는 물건인지 전혀 알 도리가 없었다.

이게 탈것이라면 어딘가 열리는 데도 있지 않을까? 나는 어두운 중에도 유심히 살피며 열릴 만한 곳을 찾아보았다. 한참 손을 더듬다 보니 손잡이마냥 움푹 팬 곳이 느껴졌다. 여기를 당기면 열리는 겐가? 힘을 잔뜩 주어 열어 보려는 찰나였다. 그런데,

픽!

벼락을 맞은 것처럼 뒤통수에 어마어마한 충격이 파고들었다. 눈앞이 번쩍하면서 정신이 흐려졌다. 이윽고 온 세상이 깜깜해지고 말았다.

역사 공작원

오줌 누러 간다던 덕재가 이상하게 늦어진다. 혹시 큰 용변인가 싶어 기다렸는데 벌써 십 분이 지났다. 어딘가에 있을 형사를 생각하니 조마조마했다.

"덕재야, 덕재야!"

나는 주변까지만 들릴 정도로 덕재를 불렀다. 이보다 더 큰 소리를 내면 형사에게 들킬지 몰라서였다.

역시 반응이 없었다. 초희도 무서운 모양이다.

"어떡해. 늑대한테 잡아먹히기라도 한 거 아냐?"

초희의 불길한 말에 반박하고 싶었지만 확실히 아니라고 할 수도 없는 노릇이었다. 나는 산 밑으로 걸음을 뗐다.

"덕재 찾으러 가 보자."

내가 앞장서자 초희는 조용히 뒤를 따라왔다. 산 아래로는 모든 빛이 숨은 것처럼 어두웠고, 나무를 스치는 바람 소리가 웅웅 들려왔다. 초희는 나풀거리는 머릿결을 잡으며 내 뒤로 바짝 붙었다.

나는 미래에서 가져온 컨디셔닝 셔츠를 입었기에 이 추운 날씨도 견딜 수 있었다. 체온이 떨어지면 저절로 셔츠가 따뜻해지기 때문이었다. 게다가 덕재가 준 귀덮개 덕분에 차가운 바람이 불어도 괜찮았다.

"가람이 몸은 정말 따뜻하네."

초희가 내 등에 손을 얹었다. 초희의 손이 닿은 곳에 더 따뜻한 기운이 느껴졌다. 나는 화끈해진 얼굴을 들키지 않으려고 뒤돌아보지 않은 채 대답했다.

"몸에 열이 많은 편이라서……."

차마 컨디셔닝 셔츠 때문이라고 말할 수 없었다.

우리는 주변이 잘 보이는 능선을 따라 내려오며 덕재를 찾아보았다. 울창한 숲은 초희가 무서워하는 탓에 들어가지 않았다. 송편처럼 부풀어 오른 반달이 희미하게 앞길을 비춰 주었다.

아우우우.

그때, 다시 산에서 늑대 소리가 울려 퍼지기 시작했다. 한이 맺힌 듯한 울음소리가 생각보다 가까이에서 들려왔다.

"무서워!"

그 순간 초희가 오른팔을 폭 감싸 안았다. 달콤한 향기와 옆구리 사이로 파고드는 감촉에 정신이 멍해졌다. 나조차 두려워하는 티를 내면 안 된다. 침착한 목소리로 초희를 안심시켰다.

"걱정 마. 요즘 늑대는 사람을 공격하지 않는다잖아."

나도 모르는 사실이었다. 어디까지나 덕재가 해 준 이야기니까. 그제야 한참 동안 나를 꼭 붙잡고 있던 초희가 쑥스러운 표정으로 팔을 풀었다.

늑대 울음소리는 가끔씩 길게 울려 퍼졌다. 그럴 때마다 초희가 내 소매를 붙잡곤 했다. 나도 무섭긴 마찬가지였지만 초희가 의지해 올 때마다 마취라도 당한 듯 공포가 사그라졌다.

일전에 검색해 보니 일본이 우리나라의 산짐승을 마구 잡아들였고, 늑대도 멸종의 길을 걷기 시작했다고 나와 있었다. 그 사실을 알게 된 뒤로 늑대의 울음이 더욱 원통하게 들렸다.

조금 더 걷다가, 혹시나 하는 마음에 다시 전파탐지기를 꺼내 보았다.

삐. 삐. 삐.

화면을 펼쳐 보니 아까 사라졌던 형사의 위치 신호가 다시 나타났다. 산 정상보다 조금 밑에 형사의 세모 표시가 자리 잡고 있었다.

"아무래도 저쪽에 형사가 있는 것 같아."

계곡을 가리키며 말했다. 그곳엔 빽빽하고 검은 숲이 우거져 있었다. 늑대가 튀어나와도 이상하지 않을 정도였다. 초희가 떨리는 목소리로 말했다.

"꼭 저쪽으로 가야 해? 무서운데……."

나는 스턴 건이 있기에 형사와 마주쳐도 해 볼 만했다. 하지만
이 사실을 초희에게 말해서는 안 됐다. 그저 달랠 수밖에 없었다.

"우리가 찾은 단서라곤 이 신호밖에 없잖아. 어쩌면 덕재가 저
쪽에 있을지 몰라. 벌써 형사와 맞닥뜨렸을 수도 있어."

초희가 처연한 얼굴로 날 바라보았다.

"그러지 말고…… 우리 이제 여기서 내려가면 안 될까?"

갑작스러운 말에 당황스러웠다. 나는 되물었다.

"갑자기 왜 그래?"

초희가 아까처럼 다시 내 소매를 붙잡았다.

"나…… 여기까지 따라오는 것도 너무 힘들었어. 이상하게 자
꾸 불안하기도 하고. 우리 이제 그만 내려가자. 응? 가람아……."

초희의 목소리는 이미 젖어 있었다. 게다가 말투에는 무서움을
넘어 간곡함이 배어 있었다. 그렇다고 덕재를 놔둔 채로 산에서
내려갈 수도 없는 일이었다.

"울지 마……."

어느새 뺨에 눈물이 흐르고 있었다. 늘 명랑하던 초희에게서
처음 보는 모습이었다. 내 마음이 요동치기 시작했다. 계곡에 가
봐야 한다는 생각과 초희를 위하는 마음이 뒤섞인 까닭이었다.
한참 동안 어떻게 해야 할지 망설였다.

하지만 사라진 덕재의 모습이 자꾸만 눈에 밟혔다. 그리고 여기까지 쫓아온 차에 형사를 이대로 두고 갈 순 없었다. 내게는 일본의 리플렉터를 찾아야 할 임무가 있다. 방역 시스템이 없어 한 바이러스에 떨고 있을 가족의 얼굴이 머릿속에서 맴돌았다. 나는 초희에게 손을 내밀었다.

"미안해, 초희야. 아무래도 저쪽에 내려가 봐야 할 것 같아."

"……."

"무서우면 손잡아. 내가 지켜 줄게."

겨우 이 말을 하고는 속으로 한숨을 쉬었다. 손을 잡으라는 말까지는 괜찮았지만 다음 말은 괜히 했나 싶었다.

초희는 평소의 당당하던 모습과 달리 고개를 숙인 채로 아무 말이 없었다. 한참이 지나서야 희고 작은 손으로 내 손을 잡았다. 그 손길엔 힘이 없었다.

우리는 손을 꼭 붙든 채로 걷기 시작했다. 맞닿은 손바닥에 땀이 고였지만 느낌이 나쁘지만은 않았다. 초희의 어깨가 자꾸만 내 오른팔에 닿았다. 그 때문인지 컴컴한 숲으로 들어가는데도 별로 무섭지 않았다.

얼마쯤 걸었을까. 달빛도 새어 들지 못할 깊은 계곡으로 들어왔다. 사방은 온통 깜깜했다. 검게 침묵을 지키며 하늘까지 덮어 버린 주변의 나무들마저 우리를 노려보는 듯했다. 초희는 내 손을 잡은 채로 놓지 않았다.

전파탐지기에 나온 형사의 표시가 아주 가까워졌다. 이제 어림 잡아 일이백 미터쯤 떨어진 것 같다. 지금부터는 눈에 띄지 않도록 조심해야 한다. 우리는 몸을 낮추고 바위에 숨었다가 한달음에 이동하길 반복했다.

그렇게 몇 번 움직이다가 앞을 바라볼 때였다. 저 멀리에서 무언가 달빛을 받아 광택을 내는 둥근 물체가 보였다.

"설마!"

너무 놀라 숨이 멎을 뻔했다. 나는 둥근 물체에 더 가까이 다가갔다. 주변이 깜깜했지만 분명 형체를 알아볼 수 있었다. 사람이 두어 명 들어갈 만한 크기에 매끈한 표면! 그것은 바로 일본의 리플렉터였다.

이제야 형사가 왜 이 산속으로 들어왔는지 이해되었다. 형사는 리플렉터를 타고 여기에 착륙했던 것이다. 우의 선생님을 쫓으려다 뜻대로 안 되어 돌아온 게 틀림없다. 리플렉터는 비행 기능이 있어 어디든 날아갈 수 있으니까.

그때, 초희가 내 팔을 잡아 흔들었다.

"가람아, 저기 좀 봐, 저기!"

초희가 가리킨 곳에 사람이 하나 쓰러져 있었다. 컴컴해서 누군지 알아보기 어려웠다. 나는 곧장 그곳으로 달려갔다.

"아니, 덕재야!"

덕재가 미동도 없는 채로 쓰러져 있었다. 어깨를 잡고 흔들어도 깨어나지 않았다. 순간 가슴이 철렁했다. 조상이 잘못되면 큰일인데! 나는 훈련을 받은 대로 덕재의 심장박동을 체크해 보았다.

다행히 이상은 없었고 숨도 제대로 쉬고 있었다. 초희가 무섭다며 내 팔을 다시 붙잡았다. 나도 몸이 굳어 버렸다. 덕재가 쓰러진 마당에 형사와 마주치면 무사할지 확신이 서지 않았다.

그런데 바로 그 순간이었다.

"후후, 이제야 나타났나?"

얼음장같이 차가운 목소리가 뒤통수에 파고들었다. 돌아보니 양복을 입은 남자가 리플렉터에서 내려 이쪽으로 걸어오는 게 보였다. 바로 우리가 쫓던 형사였다!

걸음이 부자연스러운 것이 다리를 절고 있었다. 아까 기차에서 떨어졌을 때 다친 모양이다. 형사가 밧줄을 든 채로 다가왔다.

"그 천둥벌거숭이 같은 녀석 때문에 애 좀 먹었지. 이제 막 가지고 놀 참이었는데 좋은 때 나타났군."

형사가 우리는 안중에도 없다는 듯 덕재에게 유유히 걸어갔다. 초희는 내 팔을 더욱 꼭 잡았다. 나는 형사에게 물었다.

"아저씨, 미래의 일본에서 왔죠?"

형사가 그 말에 멈칫했다. 직접적인 대답은 없었지만 속마음을 알아낼 수 있었다. 나는 계속 말했다.

"저도 미래에서 왔어요."

형사가 날 해치지 못하게 하려고 일부러 이 사실을 강조했다.

옆에 꼭 붙어 있던 초희가 얼떨떨한 목소리를 냈다.

"뭐야, 지금 무슨 얘기를 하는 거야?"

이런 상황에서 초희에게 일일이 설명해 줄 여유는 없었다. 솔직히 말해도 쉽사리 믿지도 않을 테고. 나를 흥미로운 시선으로 바라보던 형사가 물었다.

"자네는…… 어디에서 왔나?"

"한국이요."

형사가 날카로운 미소를 띠었다.

"그렇겠지. 티켓을 가진 나라가 일본과 한국밖에 없었으니. 아마도 자네는 나보다 먼 미래에서 왔겠군. 안 그런가?"

난 고개만 끄덕였다. 형사는 지금 나에 대한 호기심 때문에 덕재에게 전혀 신경을 쓰지 않고 있었다. 나는 시간을 끌어 보려고 다른 걸 물었다.

"왜 역사에 개입하려는 거예요?"

"무슨 역사 말이냐."

"윤봉길을 없애려고 하잖아요."

형사가 픽 웃었다. 그리고 조롱하듯 말했다.

"제대로 짚긴 했는데, 그게 전부는 아니지. 윤봉길을 죽이고 나면 상하이로 가서 김구도 처치할 계획이다. 눈엣가시라서 말이야."

온몸에 소름이 돋았다. 내가 예상한 게 사실이었구나!

"그렇게 함부로 역사를 바꾸다간 큰일 나요. 여기 오기 전에 얘기 못 들었어요? 과거를 잘못 건드릴 때 발생하는 나비효과 같은 거요."

"알지. 과거를 조금만 바꿔도 미래가 완전히 다른 세상이 된다는 말 아니냐?"

나는 고개를 끄덕였다. 그런데 형사가 기대와 전혀 다른 대답을 했다.

"우리가 원하는 게 바로 그거야. 그러려고 왔거든!"

형사가 눈을 번뜩거렸다. 알고도 이런 짓을 서슴없이 저지른다면 말이 통할 리가 없었다. 형사가 밧줄을 휘휘 돌리며 옆을 지나갔다.

"비켜. 나는 저 건방진 녀석에게 볼일이 있으니까."

같은 미래에서 왔다는 사실 때문에 나에게는 적대감이 덜한 모양이었다. 하지만 덕재하고는 아예 끝장을 보려는지 살기를 띠며 다가갔다. 나는 팔을 붙잡고 있던 초희를 살며시 떼어 놓고 형사 앞을 막아섰다.

"하지 마세요!"

나를 보는 형사의 눈이 실룩거렸다. 일단은 막아섰지만 겁이 덜컥 났다. 그래도 지금 같은 상황을 대비해 혹독한 훈련을 받지 않았던가.

형사가 얼음장 같은 목소리로 위협했다.

"넌 살려줄 테니까 좋은 말 할 때 돌아가."

그렇다고 순순히 물러날 수는 없었다. 덕재를 놓아 달라고 애원해도 통하지 않을 상황이었으니까. 무엇보다도 초희가 뒤에서 날 지켜보고 있다. 자존심 비슷한 것이 마음속에서 울컥 올라왔다.

철컥!

결국 스턴 건을 꺼내어 겨누고 노리쇠를 당겼다. 형사가 눈을 부라렸다.

"어쭈, 너 지금 뭐 하는 거냐?"

나도 모르게 손이 덜덜 떨렸다. 진짜로 사람을 해치는 총이 아닌데도 말이다. 나는 스턴 건을 치켜들었다.

"손 들어요!"

형사는 손을 들기는커녕 픽 웃었다.

"보아하니 호신용 스턴 건인 것 같은데, 그걸로 날 상대하겠다고?"

"움직이면 쏠 거예요. 손 들어요!"

다시 한번 단호하게 말하자, 그제야 형사가 눈치를 실실 살피며 밧줄을 내려놓고 손을 들었다. 얇은 콧수염을 실룩거리며 웃는 표정이 빈틈을 발견하면 바로 덤벼들 것 같았다. 형사는 여전히 빈정거렸다.

"그런 장난감 가지고는 날 막지 못해. 내가 진짜 총을 꺼내기 전에 얼른 쏘는 게 좋을 거야."

형사의 도발적인 말투에 쏘고 싶은 충동을 느꼈지만 꾹 참았다. 이런 상황에서도 자신만만한 것을 보면 무슨 꿍꿍이가 있는 게 분명하다. 게다가 스턴 건은 한 발 쏘면 다시 장전하는 데 시간이 꽤 걸리기 때문에 신중해야만 했다. 만약 쏘았다가 빗나가기라도 하면 끝장이다.

나는 형사를 노려본 채로 뒤에 서 있던 초희에게 부탁했다.

"초희야, 저기 떨어진 밧줄로 형사 좀 묶어 줘."

초희는 대답이 없었다. 왜 그런가 싶어 쳐다보려 했지만 뒤를 돌아보았다간 형사가 달려들지도 몰랐다. 나는 형사만 노려본 채로 초희에게 다시 부탁했다.

"내 얘기 못 들었어? 저 밧줄로 형사 좀 묶어 달……."

탕!

"아악!"

순간 커다란 총소리와 함께 찌릿한 통증이 느껴졌다. 누군가 뒤에서 총을 쏜 것이었다. 그와 동시에 온몸이 마비되어 나는 그 자리에 쓰러지고 말았다.

기절하진 않았지만 감전이 되어 도저히 몸을 움직일 수 없었다. 스턴 건에 맞은 증상이었다. 힘없이 엎드린 몸 위로 익숙한 여자의 목소리가 지나갔다.

"시간이 너무 지체되었어요. 이러다 윤봉길을 놓치면……."

초희의 목소리였다! 정신만큼은 또렷했던 나는 귀를 의심했다.

초희도 윤봉길을 알고 있다니, 설마?

형사가 안도하는 투로 말했다.

"잘했다, 초희야. 덕분에 한숨 돌렸어."

"……."

잘못되었다. 모든 게 잘못되었다. 등을 맞은 순간부터 깨닫긴 했지만 인정하기 싫었다. 이 현실을 받아들이는 순간, 내게 한없이 상냥했던 초희가 처음부터 나쁜 의도로 접근했다는 걸 인정해야 했기 때문이다.

초희가 밧줄을 주워 엎어진 내 몸을 깔고 앉았다. 그리고 야속할 정도로 능숙하게 손목을 묶기 시작했다. 나는 초희에게 물었다.

"뭐야…… 너?"

초희는 아무 말도 하지 않았다. 밧줄을 다 묶고 난 뒤에야 비로소 어두운 목소리로 말했다.

"바보……. 그래서 이쪽으로 오지 말자고 했잖아."

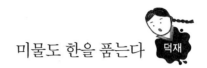

미물도 한을 품는다

머리가 깨질 듯이 아프다. 땅과 풀이 섞인 퀴퀴한 냄새가 코를 파고들었다. 한참 지나서야 내가 누군가에게 뒤통수를 맞아 쓰러진 게 떠올랐다.

주변이 온통 깜깜했다. 힘겹게 눈을 들어 보니 제일 먼저 흐릿하게 보이는 사람이 있었다. 바로 가람이었다. 그런데 조금 이상하다. 가람이가 땅바닥에 엎어져 있고 그 위에 초희가 올라타 있는 것이다. 시방 이것들이 예까지 와서 장난질을 하는 겐가?

"서둘러라. 윤봉길은 곧장 신의주까지 갈 거다. 우리가 그쪽으로 먼저 가서 기다려야 해."

보이지 않는 쪽에서 우리가 쫓던 왜놈 형사의 목소리가 들렸다. 나는 그대로 몸이 굳어 버렸다.

이 상황은 도대체 뭐람? 형사 옆에서 가람이와 초희가 장난을 치고 있다니? 잠시 생각 좀 하려는데 순간 가람이와 눈이 마주쳤다. 가람이가 인상을 찡그리며 소리 없이 입만 뻥긋거렸다. 당최 뭐라는지 알아들을 수가 없다.

그때 초희가 일어서며 왜놈 형사에게 말했다.

"아빠, 애네 어떡할 거예요? 설마…… 죽이려는 건 아니죠?"

뭐어, 아빠? 초희 저 계집애가 지금 형사한테 아빠라고 했나? 잘못 들었나 싶어서 다시금 귀를 기울였다. 꼼짝없이 기절한 척하고 누운 채로 말이다.

형사가 말했다.

"이 녀석들을 살려 두고 가면 분명 뒤탈이 생기겠지."

지금 우리를 없애려는 겐가? 초희가 형사에게 조르듯 말했다.

"그래도 가람이는 살려 주면 안 돼요? 애네 아빠가 혈액을 모으는 게 무슨 사정이 있어 보이던데……."

초희 저것이 기왕 부탁할 거면 둘 다 살려 달라고 할 것이지, 가람이만 살려 달라고 하는 건 또 뭔가! 꼼짝할 수 없는 상황인데도 부아가 치밀었다.

가람이의 손목이 뒤로 젖혀진 채 묶인 것이 눈에 들어왔다. 나도 그런가 싶어서 손목을 꼼지락거려 보았다. 무슨 영문인지 나는 묶여 있지 않았다.

형사와 초희의 말과 가람이의 꼴을 보니 이제야 모든 정황이 똑똑히 이해되었다. 초희 저 계집애는 처음부터 왜놈 형사와 한 통속이었고, 틈을 타서 가람이를 급습한 모양이었다. 분해서 주먹을 꾹 쥐었다.

형사가 초라한 모양으로 엎드려 있는 가람이에게 다가가 쪼그리고 앉았다. 그리고 퉁명스레 물었다.

"넌 대체 뭐 하러 여기 온 거냐?"

가람이는 침착한 목소리로 대답했다.

"바이러스가 퍼져서 사람들이 많이 죽었어요. 일본도 마찬가지고요. 아저씨가 여기로 떠난 지 4년 뒤에 그렇게 됐어요."

당최 뭔 소린지 못 알아듣겠다. 그런데 형사는 표정이 심각해졌다.

"그래서 바이러스를 피하려고 여기에 온 거냐?"

가람이가 고개를 가로저었다.

"우리는 면역 혈청을 구하러 온 거예요. 여기가 아니면 구할 방법이 없어서……. 실패하면 인류 전체가 위험해요."

초희가 대화에 끼어들었다.

"거 봐요. 그 바이러스가 얼마나 심각하면 여기까지 사람을 보내겠어요? 가람이는 돌려보내야 해요."

형사가 콧수염을 만지작거렸다.

"나도 이 녀석 집에 가 봤어. 보아하니 면역 혈청을 구하는 일은 아버지 혼자서도 충분하겠던데. 이 녀석은 우리 정체를 눈치

챘으니 없애야 돼."

둘은 가람이를 살릴지 죽일지 의논하고 있었다. 그때 가람이가 한마디 했다.

"우리 아빠는 리플렉터를 다룰 줄 몰라요. 내가 없으면 면역 혈청을 다 모아도 돌아갈 수 없다고요."

리플렉터? 그게 뭐람. 그것도 신식 물건 중의 하나인가? 처음부터 끝까지 뭔 얘기를 나누는지 알아들을 수가 없다. 가람이의 말을 들은 형사가 아까보다 더욱 고민스러운 표정이 되었다.

모두 내게서 시선을 거둔 지금이 기회였다. 조용히 손을 뻗어 옆에 있던 돌멩이를 집었다. 그리고 빈틈이 없나 다시 눈치를 살폈다.

하필 그때, 초희가 날 가리켰다.

"아빠, 그럼 쟤는 어떡해요?"

그러자 형사가 내 쪽을 쳐다보더니 독기가 서린 말을 뱉었다.

"그렇군. 이 녀석이야말로 내 손으로 직접 죽여 버리고 싶었지."

허, 망할 계집애. 저것 때문에 제대로 되는 일이 없다. 형사가 저벅저벅 걸어왔다. 그러고는 내 앞에 서더니 품속에서 무언가를 꺼내어 나를 겨눴다. 내 머리 위에서 철컥 소리가 나는 걸 듣고 총이라는 걸 직감했다. 가람이가 절규하듯 외쳤다.

"잠깐만요, 죽이면 안 돼요! 큰일 난다구요!"

"왜? 이 녀석을 죽여도 못 돌아가는 거냐?"

가람이는 그 말에 곧바로 대답하지 못했다. 자꾸만 나를 쳐다보며 눈치를 보았다. 초희가 가람이 곁으로 다가가 앉았다.

"뭔데 그래? 나한테만 얘기해 봐."

가람이의 입에 귀를 가까이 대었다. 가람이는 초희를 매섭게 노려보고 아무 말도 하지 않았다. 초희의 목소리가 한층 가라앉았다.

"지금 와서 탓해 봐야 소용없잖아. 네 말에 따라 덕재를 죽일지 살릴지 결정할 거니까 말해 줘."

가람이는 한참을 망설이는 모습이었다. 그리고는 시간이 꽤 흘러서야 초희에게 무언가를 소곤소곤 말해 주었다.

초희가 도중에 흠칫 놀라는 게 보였다. 그러고는 조심스럽게 일어나더니 형사에게 다가가 귓속말로 그 말을 전해 주었다. 고약한 심보 같으니, 왜 나만 빼놓고 자기네들끼리만 속닥거리는지 모르겠다.

형사도 다 듣고 나서 얼빠진 표정을 지었다. 그러더니 가람이와 내 얼굴을 번갈아 보았다. 형사는 결국 웃음을 참지 못하고 말했다.

"뭐 이런 녀석이 다 있어? 고조할아버지를 여기에 왜 데리고 온 거야."

"악! 그걸 말하면 어떡해요!"

동시에 가람이가 더 크게 소리 질렀다. 엄청나게 화난 목소리였다.

그러니까 지금, 가람이는 나를 자기의 고조할아버지라고 말한 겐가? 이 마당에?

형사가 초희에게 말했다.

"만약 이 녀석을 살리려고 거짓말하는 거라면?"

초희는 조용히 대꾸했다.

"표정을 보면 알잖아요. 진짜 같아요."

이게 무슨 귀신 씻나락 까먹는 소리인가? 시방 가람이가 나보다 한 살이 많은데 내가 녀석의 고조할아버지라니! 뭔 당치도 않은 헛소리를 하고 자빠졌담. 그 말에 고민하는 형사도 참말로 웃긴다.

가람이는 쓰러진 채로 안절부절못하며 나를 바라보았다. 자기가 한 말을 진짜로 믿느냐는 표정이었다. 내가 기절한 척만 하고 있지 않다면 "당연히 안 믿지!"라고 소리쳐 주고 싶었다.

그런데 형사가 또 이상한 소리를 지껄였다.

"후후, 재미있군. 이거 궁금해지는데? 여기서 조상을 죽여 버리면 눈앞의 후손이 어떻게 되는지."

형사가 말을 끝내자마자 다시금 내게 총을 겨누었다. 이 위기를 벗어나야 하는데 도무지 틈이 없었다. 가람이가 다시 형사에게 애원했다.

"안 돼요! 제발 부탁이에요."

하지만 송장 신세나 다름없는 가람이 말을 형사가 들을 턱이
없었다. 이윽고 철컥, 섬뜩한 소리가 들렸다.

그 순간 가람이와 내 눈이 마지막으로 마주쳤다. 녀석이 눈물
을 흘리고 있었다. 아무리 그래도 그렇지, 사내자식이 울긴 왜 우
는지!

나는 오기가 발동한 나머지, 녀석에게 보란 듯이 씨익 웃어 보
였다. 가람이가 그런 나를 멍한 얼굴로 바라보았다.

사실 나도 여기서 이렇게 허무하게 죽는 건 싫다. 다만 녀석과
똑같이 질질 짜기 싫었을 뿐이다. 기왕 죽을 거면 추하게 목숨 구
걸일랑 하지 말아야지. 깨끗이 단념하고 눈을 감으니 되레 마음
이 편해졌다. 그런데,

"크르릉……."

뒤쪽의 가까운 곳에서 짐승의 기척이 느껴졌다. 초희가 기겁하
는 소리를 냈다.

"어마, 저게 진짜로 나타났어!"

다름 아닌 늑대였다. 누운 방향의 반대쪽이었지만 기척으로 보
건대, 코앞에 있는 모양이었다. 형사도 무척 당황스러워하는 기색
이었다.

"뭐야, 덤빌 셈인가?"

원래 늑대는 무리를 지어 다닌다. 그런데 소리가 하나인 걸로
보아 이 산의 마지막 늑대인 모양이다. 늑대는 단단히 성이 난 듯

했다.

"크허엉!"

금방이라도 형사에게 달려들려는 울부짖음이었다. 형사가 돌아서더니 나를 겨누었던 총을 늑대에게로 향했다. 이윽고, 내 마음을 산산조각 내는 천둥소리가 온 산으로 울려 퍼졌다.

탕! 탕! 탕! 탕!

나도 더는 가만히 있을 수 없었다. 그 틈에 벌떡 일어나 쥐고 있던 돌멩이를 형사에게 던졌다. 뒤통수를 맞은 형사가 머리를 감싸 쥐느라 총을 떨어뜨렸다. 나는 그때를 놓치지 않고 달려들어 형사를 밀어 넘어뜨렸다.

가람이도 가만히 있지 않았다. 내가 움직임과 동시에 자기 앞에 섰던 초희의 발을 걸어 넘어뜨렸다. 그리고 두 발만으로 벌떡 일어나 초희의 손을 걸어찼다. 그러자 초희의 총이 땅바닥에 데굴데굴 굴렀다.

문제는 내 쪽이었다. 형사가 움직이지 못하도록 짓누르고 있었지만 어른의 완력을 도무지 당해 내기 어려웠다.

"으아아! 으아!"

형사가 있는 힘껏 괴성을 지르며 나를 떨쳐 내려고 계속 몸부림을 쳤다. 나는 불과 몇 초를 버티지 못하고 나가떨어졌다. 형사가 재빨리 일어나 총을 주웠다. 그리고 살기 가득한 눈으로 내게 총을 겨누었다. 그 순간 나는 눈을 찍 감았다.

탕!

"……."

일순간 주변이 고요해졌다. 총성이 울렸는데 어떻게 된 일인지 헷갈렸다.

"아빠…… 아빠……."

먼저 들려온 건 초희의 애처로운 목소리였다. 옆을 보니 가람이가 묶인 두 손으로 총을 들어 형사를 겨누고 있었다. 형사는 쓰러진 채 초희 앞에서 축 늘어져 있었다. 사람이 총에 맞는 광경을 처음 본 나는 그대로 몸이 굳어 버렸다.

가람이가 다급히 소리쳤다.

"얼른 내 밧줄 풀어서 형사의 손발을 묶어! 지금 죽은 게 아니라 잠시 기절한 것뿐이라고!"

그 말을 듣고 나서야 정신이 번쩍 들었다. 나는 단숨에 가람이의 밧줄을 푼 다음, 꼼짝 못하는 형사의 두 손과 발을 단단히 묶었다. 다 포기한 듯 주저앉아 저항하지 않는 초희의 손목도 칭칭 감아 묶었다.

곁눈질로 보니 초희가 묶인 걸 바라보는 가람이의 표정이 영 어두웠다. 기분이 착잡한 모양이었다. 녀석이 낯빛을 숨기고는 전혀 딴소리를 했다.

"후우, 태권도 배워 두길 잘했네."

"태권도? 그게 뭐여?"

"그런 게 있어."

가람이가 말을 얼버무렸다. 녀석이 아까부터 자꾸 이상한 말만 한다. 그러잖아도 나는 지금 가람이에게 따져 물을 것이 많았다. 가람이는 묶였던 손목이 뻐근했는지 이리저리 돌리며 또 한마디 했다.

"그나저나 그 늑대 아니었으면 쓰러진 건 우리였겠네."

말을 듣자마자 아까 오줌을 누다가 마주쳤던 늑대가 떠올랐다. 늑대는 이미 사라진 뒤였다. 이러고 있을 때가 아니다. 나는 어둠 속에서 길을 살폈다.

"가람이, 니는 잠깐 여기 있어."

가람이의 대답을 듣기도 전에 한 방향으로 정신없이 뛰었다. 늑대를 처음 만났던 쪽으로 내달린 것이다. 가지가 무성한 나무 사이를 지나 커다란 돌을 수없이 타고 넘었다. 달리는 내내 기분 이 조마조마했다.

그렇게 얼마 지나지 않았을 때,

"아아……."

내 입에서 저절로 낮은 탄식이 새어 나왔다. 몇 걸음 떨어지 지 않은 곳에 옆으로 몸을 둥글게 만 채로 누워 있는 늑대를 발견 했기 때문이다. 허옇게 드러난 이빨이 달빛에 반사되어 더욱 처 량 맞아 보였다. 늑대는 피를 흘린 채로 이미 죽어 있었다. 그리 고…… 애꾸눈이었다.

죽은 늑대 옆에 다가가 앉았다. 그리고 조용히 어루만져 보았다. 털이 거친 것이 그간 험난하게 살았음을 말해 주었다. 이 산의 마지막 늑대였을 텐데……. 쓰다듬던 손이 부들부들 떨렸다. 난 이미 떠나 버린 늑대에게 나지막하게 말했다.

"살려 주어 고맙다. 오죽하면 미물인 니도 한을 품은 겨."

그러고 나서 분연히 일어섰다. 당장에라도 왜놈 형사를 박살 내 버리고 싶었다.

단숨에 가람이가 있는 곳까지 내달렸다. 그리고는 손발이 묶인 채 나무에 기대어 앉아 있는 형사를 냅다 발로 차 버렸다.

"으헉!"

형사가 옆으로 고꾸라졌다. 나는 분을 이기지 못하고 연거푸 발길질을 했다. 어느 순간 가람이가 뒤에서 부둥켜안았다.

"덕재야, 그만해!"

나는 씩씩거리며 가람이를 밀어붙였다. 이대로 멈추기엔 도무지 분이 사그라지지 않았다. 초희는 완전히 겁에 질린 표정이었다. 나는 소리쳤다.

"이 잡것들아, 죽일 사람이 없어서 우의 선생님을 쫓는 겨! 느그들이야말로 천벌 받아도 싸지!"

가람이가 여전히 나를 꼭 붙든 채로 말했다.

"제발 진정하고, 내려가서 경찰에 신고 좀 해 줘."

"싫어. 내 오늘 여서 끝장 볼 겨."

"덕재야, 제발! 네가 이러는 거, 저 사람들과 다를 게 뭐야? 예전에 우의 선생님이 했던 말씀 못 들었어?"

그제야 나는 멈칫했다. 생각해 보니 예전에 동리 사람들이 막무가내로 가람이네 집에 쳐들어갔을 때, 우의 선생님은 그게 왜 놈들 짓이나 다름없다고 호통을 쳤었다. 내가 힘을 빼자 가람이도 붙잡았던 팔을 놓아주었다.

"일단 경찰에게 알려야 해. 이 사람 신분증도 가짜일 거야. 지금까지 형사 행세를 했으니까 경찰이 오면 무조건 잡아간다고."

듣고 보니 가람이의 말이 옳았다.

나는 대답하는 대신에 형사를 한번 흘겨보았다. 형사는 내게 맞은 것이 분했는지 이글거리는 눈으로 날 올려다보고 있었다. 승냥이 같은 그 눈빛이 마음에 안 들었다. 가람이가 놓아준 틈을 타 다시 한번 잽싸게 달려들었다.

퍽!

그대로 명치께를 걷어차 버렸다. 형사는 힘없이 고꾸라졌다.

"아, 진짜. 얼른 출발하라고!"

가람이가 짜증을 부렸다. 나는 휙 돌아 산 밑으로 달음박질쳤다. 가람이는 내 뒤통수에 대고 산길 조심하라며 거듭 당부했다.

어느새 반달이 서쪽 산에 걸쳐 저물고 있었다. 목멘 멧비둘기 울음이 꾹꾹, 구슬프게 들려왔다.

찬바람이 얼굴을 세차게 할퀸다. 울적한 기분이 조금 나아졌다.

팔을 휘휘 저으며 내리막길을 재빨리 뛰어갔다. 이대로 계속 질주하고 싶다.

우리 손으로 우의 선생님을 지켜 냈다. 선생님은 이런 우여곡절을 모른 채 오로지 뜻을 이루기 위해 어디론가 떠나고 있을 것이다. 난생처음 우의 선생님께 도움이 됐다는 생각을 하니 희열이 밀려왔다.

밤하늘의 무성한 별들이 가슴을 벅차게 했다. 나는 같은 하늘 아래 있을 선생님을 향해 큰소리로 외쳤다.

"우의 선생님! 여기는 덕재가 지키니께, 가서 큰일 하구 돌아오유!"

적막한 산에는 돌아오유 돌아오유 하는 메아리만이 울려 퍼졌다.

날려 버리다

겨우 산 밑으로 내려보냈다. 덕재가 리플렉터와 일본 형사의 정체를 알면 곤란하니까. 오십 보쯤 떨어진 곳에 리플렉터가 열린 채로 세워져 있다. 이제 임무 완수가 눈앞이다. 귀환 버튼 하나만 누르면 우리 집에 방역 시스템이 생기고, 변 차장이 외국 유학도 보내 줄 것이다.

형사는 손발이 묶인 채로 쓰러져 신음을 내뱉었다. 이 사람들도 같이 귀환시킬지는 지금부터 따져 봐야 한다.

"미래로 돌아가고 싶죠?"

형사가 고개를 번쩍 들었다. 반면 초희는 나와 눈을 마주치지 못했다. 우리 목숨을 위협했을 때와 달리 형사의 미소는 비굴했다.

"잘 생각했다. 우린 다 같은 미래인이잖나."

순간 웃음이 나왔다.

"누가 보내 준대요? 돌아가고 싶으냐고 묻기만 했는데."

형사가 꿀 먹은 벙어리가 되었다. 초희는 이미 모든 걸 단념한 듯 고개를 숙였다. 얼굴을 바라보니 딴 곳을 보며 외면한다. 사실은 초희에게 묻고 싶은 게 훨씬 더 많았다. 나는 침을 꿀꺽 삼켰다.

"너…… 내가 미래에서 온 걸 어떻게 알고 접근한 거야?"

초희는 대답하지 않았다. 예전에 날 대하던 모습과는 너무나도 다른 표정이었다. 답답한 마음에 다시 재촉했다.

"말해 봐. 이유라도 좀 알자."

초희가 한숨을 푹 쉬더니, 비로소 조그만 입술을 열었다.

"그걸 왜 나한테 물어? 먼저 티를 낸 건 너였잖아."

"내가……?"

"그래. 미래에서 왔으면 물건은 잘 간수해야 하는 거 아냐? 넌 전학 온 첫날부터 덕재한테 푸드 캡슐을 빼앗기더라."

생각해 보니 분명 그런 일이 있었다. 그때 초희가 나서서 말려 주었던 기억이 났다. 초희가 계속 핀잔을 주었다.

"너 이름도 가명 안 썼지? 이 시대에선 '가람'이라는 이름은 누가 들어도 수상하거든? 그걸 그냥 생각 없이 쓰고 다니면 어떡하니."

듣다 보니 얼굴이 화끈거렸다. 돌이켜보면 초희는 의심 살 만한 행동을 한 적이 한 번도 없었다. 경성에서 살다가 온 신식 가정

집 딸이라고 철석같이 믿었던 것이다. 초희가 오싹할 정도로 연기를 잘한 셈이었다.

초희와 눈을 오래도록 마주쳤다. 평소에는 당당했던 초희의 눈동자가 파르르 떨리고 있었다. 무언가 가슴이 꽉 막혀 오는 느낌이 들었다. 그동안 정겹게 지낸 시간을 모두 거짓이라고 치부할 수는 없었기 때문이다.

"어떻게 그럴 수 있어? 정말로 널 믿었는데."

"야아, 나도 이러고 싶지 않았어……."

초희는 항변하려다 멈췄다. 목이 메는지 한참을 침묵했다. 한 줄기 세찬 바람이 한숨을 쉬듯 숲 전체를 훑고 지나갔다. 이윽고 가라앉은 목소리가 흘러나왔다.

"나도 이렇게 되는 게 싫었다고……. 내가 괜히 이쪽으로 오지 말자고 한 줄 알아?"

침울한 목소리에 기분이 착잡해졌다. 나는 산을 내려가자는 초희의 부탁을 듣지 않았었다. 원망 섞인 말이 무거운 공기로 다가왔다.

"네가 나였으면…… 누굴 쏘겠어?"

생각해 보니 고개를 끄덕일 수밖에 없었다. 더 질책하기에는 초희 스스로 너무나 괴로워하고 있었다.

시선을 형사에게로 옮겼다. 내겐 이 사람이야말로 모든 일의 원흉으로 보였다.

"이런 일이나 하려고 리플렉터를 탔어요?"

형사가 사정하듯 말했다.

"오해 마라. 난 그저 위에서 시킨 대로 한 것뿐이야."

형사의 말은 "제발 살려 주세요."와 다름없었다. 초희도 그런 자기 아빠의 태도가 못마땅한지 먼 곳만 바라보았다.

"하필이면 왜 윤봉길이에요? 없애면 일본의 역사가 달라져요?"

형사가 한숨을 쉬었다.

"위에서 그런 것까진 알려 주지 않아. 김구와 윤봉길을 없애라는 지령을 받았는데 김구는 오래전부터 상하이에서 진용을 갖추고 있어서 접근하기 어려웠어. 우리로선 윤봉길을 먼저 없애는 수밖에 없었다고."

형사는 순순히 털어놨다. 목소리에 어떤 거짓도 느껴지지 않았다. 돌아가면 진상을 조사해 봐야겠다고 마음먹었다.

"어쨌든 여기서 죗값은 치러야 해요. 경찰이 오면 형사로 속여서 벌인 일에 대해서는 처벌 받으세요. 그 뒤에 돌아가게 해 줄 테니까."

사실 처벌 받는 일보다 형사가 우의 선생님을 쫓지 못하도록 붙잡아 두려는 것이 진짜 의도였다. 초희는 내 결정이 가혹하게 여겨지진 않았는지 수긍하는 눈치였다. 하지만 형사는 그렇지 않았다.

"그냥 풀어 주면 안 되겠니? 신분 위조는 결코 가벼운 죄가 아니야. 아마 고문당하고 감옥에도 들어갈 거다."

아까만 해도 덕재를 죽여 후손인 내가 어떻게 되는지 지켜본다
던 형사였다. 염치없는 부탁에 어이가 없었다. 너무나 달라진 태
도에 화가 치밀었다.

"그러면 감옥에 갔다 오세요! 일본인끼리는 처벌도 심하게 하
지 않을 텐데."

야멸치게 내뱉자 형사가 고개를 가로저으며 울상이 되었다. 경
찰에 붙잡히는 게 굉장히 두려운 모양이었다.

"이봐, 부탁이야. 그러지 말고 좀 풀어 줘."

"안 됩니다."

쓸데없는 희망을 품지 못하도록 단호히 거절했다.

형사가 옆에 있는 초희를 바라보았다. 대신 나를 설득해 달라
는 눈치였다. 초희는 고개를 저었다. 차라리 초희의 행동이 훨씬
염치가 있었다.

딸에게 외면당한 형사가 땅만 내려다보며 한참을 침묵했다. 조
용해진 사이 주변의 이름 모를 새들이 꾹꾹 울어 댔다. 형사의 어
깨가 미미하게 들썩거리는 것이 웃는 건지 우는 건지 알 수 없었
다. 구슬피 우는 새소리와 형사의 모습이 묘하게 어울렸다. 적막
한 산에서 대치하는 우리 꼴이 처량하다고 느꼈을 무렵, 형사가
고개를 들었다. 그리고 작심한 듯 말했다.

"우리 이러지 말자. 동포끼리……."

순간 숨이 턱 멎었다. 초희가 형사를 매서운 눈초리로 노려보았다. 나는 반사적으로 물었다.

"동포……라뇨?"

형사가 잠시 침묵했다. 그리고 초희의 눈치를 한번 살폈다. 초희가 외면했음에도 형사는 얼굴에 미소를 띠었다.

"사실 나도 한국 사람이다. 여기 초희도 마찬가지고. 우린 다 같은 민족이라고. 게다가 너랑 초희는 친하게 지냈잖아."

초희의 얼굴이 거의 울상으로 변했다. 순간 너무 놀라 숨이 막힐 지경이었다. 나는 다시 한번 물었다.

"아저씨…… 정말 한국 사람이에요?"

형사가 눈을 크게 뜨고 고개를 끄덕였다.

"그렇고말고. 같은 민족끼리 이래서야 되겠나. 내 다시는 이런 짓 안 할 테니까 이것 좀 풀어 줘. 아파 죽겠어."

형사의 말이 도무지 믿기지 않았다. 오히려 마음만 더 혼란스러워졌다. 나는 또다시 초희에게 물었다.

"사실이야……?"

초희는 고개를 숙인 채로 아무 말도 못 했다.

"사실이냐고!"

내가 소리를 지른 뒤에야 초희가 보일 듯 말 듯 고개를 끄덕였다. 평소답지 않게 축 늘어진 모습이었다.

"하아……."

망연자실한 한숨이 터져 나왔다. 동시에 울화가 치밀었다. 나는 감정을 꾹꾹 눌러 담은 채 형사에게 물었다.

"대체 어떻게 일본의 리플렉터에 탄 거예요?"

"그건……."

형사는 쉽사리 말을 꺼내지 못했다. 다른 건 쉽게 자백하던 형사가 머뭇거리는 걸 보니 기밀 사항인 것 같았다. 초희가 울분을 쏟아 냈다.

"동포라고 먼저 불어 버린 건 아빠잖아요. 더 숨길 게 있긴 해요? 말하기 어려우면 내가 얘기할래요."

형사가 쩔쩔매며 말문을 열었다.

"나도 처음엔 이런 일인지 몰랐어. 주한 일본 대사관에서 직원을 뽑는다고 해서 지원한 것뿐이라고."

"그래서요?"

형사가 눈치를 보며 말을 이었다.

"한국어와 일본어 모두 능통한 내게 몰래 제안해 오더군. 어마어마한 돈을 줄 테니 리플렉터를 타 보라고. 나야 멋모르고 계약서에 서명했지."

주먹이 부르르 떨리기 시작했다.

"돈 때문에 일을 받아들였어요?"

형사가 고개를 도리도리 저었다.

"처음부터 이런 줄 알았으면 당연히 거절했지. 돈을 받고서 일년이 넘어서야 진짜 목적을 알았어. 취소하기엔 돈을 많이 써 버린 뒤라 도저히 갚을 방법이 없었다고."

이제야 일본이 한국에서 리플렉터를 발사하는 과정을 어째서 극비로 진행했는지 알 것 같았다. 나는 치미는 분노를 삼키며 아는 사실을 말해 주었다.

"내가 살던 시점에서는 아저씨가 일본 사람으로 되어 있어요."

"그렇겠지. 내 국적과 신분은 세탁되었으니까."

형사의 말을 듣고 의문이 생겼다. 보안 교육을 받을 때 신분 말소에 대해 배웠는데, 첩보의 목적을 가지고 외국 국적으로 신분을 세탁하려면 반드시 한국 정부의 승인이 있어야 한다고 들었기 때문이다. 나는 그 점에 대해 물었다.

"대체 누가 아저씨의 국적을 말소해 준 거예요?"

"……."

"그것도 비밀이에요?"

형사는 여전히 대답하지 않았다. 그러자 옆에서 가만히 지켜만 보던 초희가 대신 말해 주었다.

"국정원의 변충일 실장이야. 내 보안 교육까지 담당했었어."

"변충일?"

그 이름 석 자를 듣는 순간, 마치 스턴 건에 맞은 듯한 충격이 느껴졌다. 지금은 '국정원 제3 차장'인 변 차장은 우리나라 리플렉터 프로젝트의 책임자였기 때문이다. 내게 전파탐지기를 주며 일본의 리플렉터를 찾도록 지시하기도 했다.

"변충일 실장이 엄마의 신변을 보호해 준다며 우리 아빠를 설득했어. 사실 엄마를 인질 삼아 협박한 거나 마찬가지야."

초희의 목소리에는 회한이 서려 있었다. 변 차장이 4년 전 일본의 프로젝트에도 관여했다는 사실이 쉽게 믿기지 않았다. 그것도 일본의 편에 서서…….

"아저씨는 돈을 받았고, 배후에는 변충일이 있었던 거네요."

비로소 자초지종이 이해되었다. 한 대 맞은 것처럼 머리가 띵해졌다.

나도 배후에 변 차장이 있었다. 우리 가족의 안전을 조건 삼아 일본의 리플렉터를 찾아오라고 시킨 것이었다. 장래를 보장해 주겠다는 변 차장의 달콤한 말에 넘어가 여기까지 오고 말았다.

매서운 바람에 주변의 나무들이 휘청거렸다. 진실을 알게 되어 머리가 핑핑 돌 지경이다. 이 모든 게 변 차장의 시나리오라면…… 변 차장은 그야말로 개자식이다.

울분을 토해 내듯 깊은 한숨을 쉬었다. 그리고는 우의 선생님이 예전에 했던 말을 떠올렸다.

"우리의 무지함이 나라까지 잃게 한 적이라는 말입니다!"

형사와 초희를 바라보았다. 형사는 고개를 푹 숙이며 시선을 피했다. 초희의 얼굴에도 기운이 빠진 지 오래였다.

입구가 열린 일본의 리플렉터와 미래에서 기다리고 있을 변 차장, 그리고 형사를 번갈아 보았다. 피가 거꾸로 솟는 듯했다. 나는 리플렉터를 가리켰다.

"저게 돌아가면 일본에서 또 비슷한 일을 꾸미겠네요. 아저씨가 아니라도 돈 받고 여기 올 사람은 많을 테니까."

초희가 말없이 날 올려다보았다. 내가 리플렉터에 성큼성큼 다가가자, 형사가 창백한 얼굴로 말했다.

"너 지금 무슨 짓을 하려고……."

"용서를 구하려면 한국 사람이란 걸 밝히지 말았어야죠. 아저씨 정체가 훨씬 기분 나쁘다고요!"

그리고는 리플렉터의 입구로 올라섰다. 형사가 뒤쪽에서 내려오라며 악을 썼지만 듣지 않았다.

리플렉터에 앉아 전원을 켰다. 계기판을 보니 우리나라 것과 크게 다르지 않았다. 중앙의 잘 보이는 곳에 'R'이라 쓰인 녹색 버튼이 보였다. 귀환 버튼이었다. 이걸 누르면 집에 방역 시스템이 설치되고, 돈 걱정 없이 해외 유학을 갈 수 있다. 지금까지 이걸 누르려고 고생해 온 것이었다.

제일 아래 보호 캡이 씌워진 곳에 붉은색으로 'P'라고 쓰여 있는 버튼도 있었다. 리플렉터를 누군가에게 탈취당할 위기에 처했을 때, 중력권 바깥으로 리플렉터를 날려 버리는 비상 버튼이었다. 이걸 누르면 내가 원했던 모든 것도 함께 날아간다. 나는 꼴깍 침을 삼켰다.

"후우……."

엄마와 동생의 모습이 수없이 떠올랐다. 동시에 변 차장의 얼굴도 스쳐 지나갔다. 나는 이를 악물었다. 그리고 보호 캡을 올린 다음, 붉은 P 버튼을 눌렀다.

"텐, 나인, 에잇, 세븐……."

카운트다운이 시작되자마자 리플렉터에서 얼른 뛰어내렸다.
"안 돼!"
형사가 절규하기 시작했다. 손발이 묶인 상태에서도 필사적으로 온몸을 꿈틀대며 벌레처럼 기어 왔다.

"쓰리, 투, 원, 제로."

"안 돼애!"
큐우웅!
리플렉터가 램프를 번쩍거리며 순식간에 산 위로 솟아올랐다. 주변에 바람을 일으키지도 않고 눈 깜짝할 사이에 사라져 버렸다.
티켈의 척력 때문에 리플렉터는 한없이 날아가 영원히 우주 공간을 떠돌 것이다. 일본의 리플렉터는 세상 어디에서도 찾을 수 없는 물건이 되었다. 형사는 바닥에 엎어진 채 소리 내어 울부짖

었다. 이제 남은 인생을 험난한 식민지 시대의 조선인으로 살아
가야 한다.

초희를 이대로 시간의 미아로 남겨 두자니 마음이 씁쓸했다.
초희가 울음을 그치길 기다리며 무거운 마음을 덜 방법을 곰곰
생각해 보았다. 오래 궁리해 봤지만 역시 방법은 하나뿐이었다.
나는 초희에게 물었다.

"너도 무작정 아빠 따라온 거지?"

초희가 젖은 눈을 동그랗게 뜨며 고개를 들었다. 눈동자가 흔
들리지 않는 걸 보니 그렇다는 뜻이었다. 나는 애써 미소를 지어
보였다.

"나도 그래."

그리고 다음 얘기를 꺼내야 하는데 말이 선뜻 나오질 않았다.
왠지 고백처럼 느껴질까 봐 걱정된 까닭이었다. 나는 한참 머뭇
거리다가 겨우 용기를 냈다.

"그래서 말인데, 내가 돌아갈 때 같이 가지 않을래? 어떻게든
자리를 만들면 한 명 더 탈 수 있을 테니까."

"……."

초희가 나를 물끄러미 올려다보았다. 그러고는 형사 쪽으로 고
개를 돌렸다. 둘은 한참을 마주 보았다.

형사가 모든 걸 체념한 듯 말했다.

"그래 초희야. 같이 가라. 애초에 내가 실패하면 너라도 복귀하

기로 했잖아."

초희가 다시 나를 올려다보고는 눈물을 글썽거리며 형사를 돌아보았다. 형사가 재차 초희를 안심시켰다.

"괜찮아. 과거에 갇히는 건 나 혼자로 충분해. 각오했던 일이야."

마음을 졸이며 초희를 바라보았다. 평소처럼 고운 목소리로 승낙해 주길 기다렸다. 희고 동그란 뺨에 눈물이 흘러내릴 때쯤, 초희가 서글픈 미소를 띠었다.

"말은 고마운데, 나도 여기에 남을래. 네가 볼 때 아무리 못났어도 내겐 소중한 아빠거든. 나마저 여길 떠나면 아빠가 너무 불쌍해."

순간 나도 모르게 "아……." 하고 탄식이 흘러나왔다.

형사도 초희에게 몇 번 더 권했다. 하지만 그때마다 고개를 가로저을 뿐이었다. 초희는 원래 고집이 센 아이였다. 견디기 어려울 만큼 가슴이 미어졌다.

우우웅.

그때 소매에 달린 웨어컴이 작게 떨리기 시작했다. 옷을 걷어 살펴보니 아빠였다. 초희에게서 몇 걸음 떨어지며 수신 버튼을 눌렀다.

"가람아, 어디냐? 지금 마을에서 학생들이 없어졌다고 난리다."

나는 화면에 대고 일부러 밝은 목소리로 둘러댔다.

"맞다! 말씀드린다는 게 깜빡했네요. 덕재랑 지금 야시장 구경하러 왔어요."

화면 너머에서 아빠의 수염이 다시 실룩거렸다.

"초희는?"

대답하기 전에 초희를 바라보았다. 초희가 그윽한 미소를 띠며 고개를 가로저었다. 아마도…… 저게 초희의 마지막 부탁이겠지. 나는 최대한 덤덤하게 말했다.

"글쎄, 모르겠어요. 오늘 못 봤는데……."

아빠는 별 의심 없이 내게 빨리 돌아오라는 말만 남기고 끊었다. 통화를 마치고 돌아보니 초희가 한층 평온해진 얼굴로 싱긋 웃었다.

"고마워, 가람아."

그동안 항상 봐 왔던 초희의 맑은 미소였다. 오늘따라 저 미소가 가슴을 한 번 더 미어지게 했다.

사나이로서 할 일 덕재

"아야야, 아퍼유!"

"다 커 가지고 엄살은……, 살짝 까진 것뿐인데."

가람이 아버님이 젖은 솜으로 이마를 박박 문지르며 핀잔을 주었다. 아까 형사와 뒹굴 때 다친 것이지만 야시장에서 구경하다 그런 것이라고 둘러대었다. 가람이가 그러라고 일러 주었다.

소독을 마친 가람이 아버님이 밖으로 나갔다. 나는 곧장 가람이에게 따져 들었다.

"니 뭐여, 초희는 어따 빼돌린 겨?"

녀석의 목소리는 침착했다.

"가짜 형사 행세를 했던 건 아저씨였지 초희가 아니야. 만약에 초희까지 묶인 걸 경찰이 봤으면, 우리도 붙잡혀 가서 밤새 조사

받았을걸."

이 녀석의 말은 항상 그럴듯하다는 게 문제다. 나는 일부러 정곡을 찔렀다.

"니, 초희 좋아하니께 몰래 풀어준 거 아녀?"

"아니라니까. 초희는 어차피 경찰서에 끌려가도 그냥 풀려나게 되어 있어. 걔가 신분 위조를 한 게 아니잖아."

말로는 가람이를 도저히 당할 수가 없다. 초희가 멀리 떠났다고 하니 이 문제는 일단 접어 두기로 하고 다른 것을 물어보았다.

"그럼 형사가 가짜인 건 어떻게 알아낸 겨? 니가 처음부터 쫓자고 했잖어."

가람이가 기다렸다는 듯이 픽 웃었다.

"너한테는 미처 말 못 했는데, 예전에 초희네 아빠를 마을에서 본 적 있어. 그런데 오늘 형사 차림을 하고 나타난 거야. 그러니까 당연히 눈치채지."

"기여? 초희네 아빠가 전에두 동리에 나타났었어? 나는 아주 멀리 떨어져 사는 줄 알았더만."

가람이가 눈을 크게 뜨고 설명했다.

"그래서 초희도 같이 데려가자고 했던 거야. 아빠를 유인해 낼 수 있으니까. 결국 뜻대로 안 되긴 했지만."

가람이가 약장수 같은 얼굴로 청산유수같이 쏟아 내는 말에 저절로 고개가 끄덕여졌다. 저리 말하니 안 믿을 수 없었지만 왠지 께름칙했다. 가람이에게 마지막으로 궁금한 게 있었다.

"내 하나만 더 물어보자. 아까 산에서 나더러 고조할아버지라 혔는디, 그 마당에 어찌 그리 말한 겨? 그러고 보니께 니하고 나하고 성씨도 같잖어."

이번에야말로 가람이가 놀란 눈치였다. 녀석이 내 말에 대답하기까지 시간이 조금 걸렸다.

"아…… 그건, 초희가 내 말을 잘못 알아들은 거야. 그러니까…… 원래는 너랑 나하고 고조할아버지 때 갈라져 나온 친척이라고 했지. 그래서 널 살려 달라고 부탁한 건데, 하하."

또 기분이 께름칙하다. 가람이가 내 눈치를 보더니 갑자기 빈정거렸다.

"설마, 형사의 엉터리 말을 곧이곧대로 믿는 거야? 실망스럽네."

그 말에 열이 확 올랐다.

"믿긴 누가 믿는다는 겨! 하도 긴박할 때 나온 말이라 이상해서 글치."

가람이가 낄낄거리며 약 올렸다.

"아이고, 고조할아버지! 이렇게 불러 주니까 좋아? 앞으로 계속 고조할아버지라고 부를까?"

"아유, 하지 마!"

일성을 지르며 가람이의 멱살을 확 잡아 올렸다. 그제야 녀석이 꼬리를 내렸는데 그 와중에도 실실 웃고 있었다.

위이잉!

그때 마침 가람이 아버님이 대청에서 신식 물건을 다루는 소리
가 들렸다. 한 번도 들어 본 적 없는 소리였다. 밤이라 낯설고 조
그만 소리가 예까지 잘 들렸다. 한참을 듣고 있다가 가람이의 멱
살을 놓아주고 물었다.

"시방 저건 뭐 하는 데 쓰는 물건이여?"

가람이가 제 옷깃을 바로잡으며 말했다.

"아마 얘기해도 잘 모를걸. 원심분리기라고 하는 건데, 혈액에
서 필요한 성분만 분리하는 기계야."

진짜 얘기를 들어도 모르겠다. 차마 무식한 티를 내긴 싫어서
말없이 방 안을 죽 둘러보았다. 한쪽 구석의 투명한 상자 안에 빼
곡하게 놓인 피 주머니가 보였다. 나는 화제를 바꿨다.

"저 피 가지고설랑 죄다 약 만드는 겨?"

"그럼. 돌림병이 퍼지기 시작하면 저만큼으로도 어림없어. 건
강한 혈액을 한 사람분이라도 더 모아야 해."

힘이 실린 말에 고개를 끄덕였다.

가람이가 한참 나를 물끄러미 바라보았다. 그러고는 조심스레
입을 열었다.

"사실은 너한테 부탁이 있는데……."

"뭐여?"

가람이는 잠시 뜸을 들이고서 말했다.

"너도 피를 좀 나누어 주지 않을래? 지난번에 검사해 보니까 네 피가 아주 귀해서 꼭 필요한 사람들이 많을 거래."

얼마 전에 이상한 바늘을 팔뚝에 푹 찔러 넣었던 기억이 아직도 생생했다. 무척 아팠는데 이번에도 그럴 것이 뻔했다. 나는 고개를 설레설레 저었다.

"아유, 딴 사람 알아 봐. 나한테 무신 피를 뽑겠다고 그려."

거절하면 관둘 줄 알았더니 가람이의 안색이 자못 심각해졌다. 녀석이 기운 빠진 목소리를 냈다.

"나 조만간에 다른 곳으로 떠나."

"엉? 그게 먼 소리여?"

가람이가 간절한 눈빛으로 말했다.

"이게 어쩌면 내 마지막 부탁일지도 몰라. 다른 곳에 가면 네 피를 받고 살아날 사람이 많이 있어. 그러니까 조금만 나누어 주라."

순간 바늘에 찔릴 때의 고통스러움과 녀석의 진심 어린 부탁 사이에서 고민했다. 무엇보다 가람이가 머지않아 떠나고, 그곳에 가서 내 피로 사람을 구한다고 하니 더욱 거절하기 어려웠다. 나는 생각 끝에 대답했다.

"그려, 까짓거. 위태로운 사람 하나 살린다고 생각허지 뭐."

그러자 일순간 얼굴이 밝아진 가람이가 바깥에 있는 아버님에게 소리쳤다.

"아빠! 덕재가 지금 헌혈한대요. 빨리 오세요!"

허, 가람이 녀석. 무척 좋아한다. 난 지금 피를 왕창 뽑힐 생각
에 기분이 착잡해 죽겠구먼. 뾰쪽한 물건을 가지고 방에 들어온
가람이 아버님도 입이 귀에 걸렸다. 일전에 가람이네더러 귀신이
라고 부른 단골할머니의 심정을 알겠다.

팔을 걷어붙이자 접때 보았던 노란 끈으로 내 왼팔을 친친 동
여매었다. 그러고서 살갗을 톡톡 두드리는데 오히려 한 번 경험
해본 것이 더욱 조마조마했다.

"흐읏!"

지난번보다 굵은 침으로 왼팔을 푹 찔렀다. 전보다 고통도 더
심했다. 붉은 피가 투명한 관을 따라 움직이고 있었다.

피가 모여드는 모양을 말없이 바라보았다. 주머니가 붉은 피로
채워지는 모습이 오묘했다. 저것이 내 피로구나.

접때와 달리 피를 뽑아내는 양도 상당했다. 적어도 반 사발은
족히 넘은 듯하다. 그래서인지 집으로 돌아갈 때 조금 어질어질
했다.

봄기운이 무르익은 어느 점심시간이었다. 가람이 아버님이 챙
겨 준 도시락을 같이 먹고 한가롭게 교정을 거니는 중이었다. 사
월이 되면서 학교 구석구석에 붉게 흐드러진 진달래꽃과 뿌연 목

련꽃이 눈을 호강시켰다.

"덕이 오빠!"

그때 웬 익숙한 목소리가 내 이름을 불렀다. 나는 뒤를 돌아보았다.

"어, 순이 아녀. 여긴 웬일이여?"

학교에 다니지 않는 순이가 나타난 걸 보니 의아했다. 옆에는 순이 어머님도 함께 있었다. 내가 "안녕하세유!" 하고 인사드리자 순이 어머님이 서글서글하게 웃으며 인사를 받았다.

"덕재는 여전 씩씩하구먼. 우리 순례도 인제 고등보통학교 보낼까 혀서 학교에 한 번 와 본 겨."

순간 눈이 번쩍 뜨였다.

"그게 참말이유?"

순이가 인상을 찌푸렸다.

"학교에서 그라는디, 바로는 못 다닌댜. 내년에야 입학할 수 있다던디……."

그 말에 조금은 좋다 말았다. 우의 선생님이 없어서 당장 공부할 곳도 없을 터인데. 그래도 내년에는 순이가 같은 학교에 다닐 것이라는 생각에 충분히 위안이 되었다. 나는 좋아하는 기색을 감추려고 무진 애를 썼다.

그런데 옆에서 가만히 듣고만 있던 가람이가 조심스레 입을 열었다.

"저어, 혹시…… 김순례?"

순이가 가람이 쪽으로 고개를 돌렸다. 가람이는 계속 말을 더 듬었다.

"순례…… 맞지? 네 이름이……."

순이가 경계하는 낯빛으로 대답했다.

"맞는디, 지를 알아유?"

가람이는 멋쩍었는지 머리를 긁적이며 웃었다.

"아, 아니. 어디선가 들어 본 것 같아서."

그러더니 녀석이 저만치 떨어졌다.

"덕재야, 얘기 많이 나누고 와. 먼저 운동장에 가 있을게."

말을 마치자마자 뛰어가 버렸다. 별 싱거운 녀석 같으니라고. 나는 순이에게 대뜸 물어보았다.

"뭐여, 느그들 얼굴 본 적 있어?"

순이가 조그만 얼굴을 도리도리 흔들었다.

"아니여. 나는 도무지 만난 기억이 읎는디……."

가람이는 가끔 이상할 정도로 아는 척할 때가 있다. 사람이 너무 똑똑하면 저렇게 되는 겐가? 친구지만 파악이 잘 안 되는 녀석이다.

순이를 교문까지 배웅해 주었다. 서로 아무 말을 않고 있으니 밟혀서 버석거리는 흙 소리마저 신경 쓰였다. 이렇게 순이를 싱겁게 보낼 수는 없다. 아무거나 화제를 꺼내려고 궁리하던 중에

접때 선물로 받았던 귀덮개가 생각났다. 난 크게 마음먹고 흠, 흠
목소리를 가다듬었다. 그리고 평소 가람이가 초희에게 하던 말
품새를 따라 해 보았다.

"귀덮개 잘 썼구먼. 근래 추웠는디 아주 요긴혔어."

그러자 순이가 만면에 희색을 띠었다.

"어마, 웬일이여? 접때는 그리 뭐라 하더니."

상냥하게 한마디 했을 뿐인데 효과가 있다. 나는 더욱 살갑게
말해 보았다.

"그게 어디 본심이었겄어? 좋은디 남세스러워 말 못 한 거여.
니도 필요한 거 있음 얘기 혀. 내 사 줄 테니께."

순이의 얼굴이 숫제 빨개졌다. 그리곤 안절부절못하며 "나는
괜찮은디……."라는 말만 연발했다. 옆에서 걷던 순이 어머님도
푸근한 미소를 지었다.

신식 가정의 습속을 따라 해 본 것이 이리 유용할 줄이야. 순이
가 평소 같지 않은 내 말투에 적잖이 놀란 모양이다. 앞으로 핀잔
만 주지 말고 상냥하게 굴어야겠다는 다짐을 했다.

"그럼 안녕히 가세유!"

교문에 이르러 순이 어머니께 깍듯이 인사를 드렸다. 그러고서
유채꽃이 흐드러진 논두렁길로 순이가 가는 모습을 묵묵히 지켜
보았다. 순이는 여러 번 뒤를 돌아보았다. 그럴 때마다 손을 흔들
어주었는데 순이도 멀리서 손을 흔드는 게 보였다. 기분이 그리

흐뭇할 수가 없었다.

다시 학교에 들어와 가람이를 찾았다. 운동장 쪽을 휙 둘러보았는데 이상하게도 녀석의 모습이 보이지 않았다.

"여기 있겠디더니 이딜 긴 거."

나는 혼자 중얼거리며 학교 안의 이곳저곳을 뒤졌다. 측간에도 가 보고 교실에도 가 보았다. 허나 아무리 찾아도 없기는 매한가지였다.

마지막에는 학교 건물의 뒤쪽으로 가 보았다. 가람이가 전학 온 날 처음으로 나와 마주쳤던 우물가였다.

가람이는 바로 거기 있었다. 공교롭게도 어떤 패거리에 둘러싸였다. 자세히 보니 가운데에 어른만 한 덩치 하나가 보였는데 을반의 익호였다. 무슨 일인지 몰라도 나 없는 틈을 타서 가람이를 손찌검하려는 모양이었다.

"이것들이 간이 부었나."

내가 벼락같이 뛰쳐나가 익호를 손보려고 할 때였다. 순간 멈칫할 수밖에 없었다. 가람이가 물러서지 않고 이상한 품새를 취했기 때문이다. 익호를 향해서 비스듬히 서서는 앞뒤로 자연스럽게 뛰고 있었다.

"시방 뭐 하는 거여? 태껸은 아닌 것 같고……."

나는 혼자 중얼거리며 멀찍이 몸을 숨겼다. 익호가 가람이를 죽일 듯이 노려보며 뭐라 말하는데 예까지 들리지는 않았다. 그저 이 상황이 어떻게 되는지 흥미진진할 따름이었다.

이윽고 익호가 가람이에게 달려들었다. 그러자 껑충거리던 가람이가 익호의 주먹을 가볍게 피해냈다. 어느새 익호와 몇 걸음 떨어지며 거리를 두었다. 허, 가람이 녀석 제법이다.

둘을 둘러싼 다른 동무들은 이 싸움에 관여하지 않기로 했는지 구경만 했다. 만약 비겁하게 여럿이 덤볐더라면 나 역시도 가만 있지 않을 터였다.

다시 익호가 주먹을 쳐든 채로 가람이에게 맹렬히 달려들었다. 그러자 가람이가 몸을 휙 돌리며 발차기로 익호의 배를 내질렀다. 노림수였던 모양이다.

하지만 웃지 못할 일이 벌어졌다. 익호가 가람이의 발을 팔로 감아 버린 것이다. 덩치가 크고 완력이 센 익호에겐 약한 발차기였다. 발 한쪽이 붙잡혀서 껑충껑충 끌려가는 모습이 우스꽝스러웠다.

익호가 가람이의 발을 힘껏 잡아당기자 그대로 땅바닥에 내동댕이쳐졌다. 곧바로 가람이를 깔고 앉아 사정없이 주먹을 휘두르기 시작했다. 잠시 기대했건만 가람이는 역시 가람이다. 더는 지켜만 보고 있을 수 없었다.

"야 이 잡것들아! 여서 뭐 하는 짓거리여!"

내 일성을 듣자마자 구경하던 몇 놈이 나를 알아보고 곧바로 꽁무니를 뺐다. 나는 한 치의 망설임 없이 곧장 패거리로 돌진했다. 당황해 하는 익호와 안도하는 가람이 얼굴이 동시에 보였다. 그대로 익호의 머리통을 후려갈겼다.

하여간 가람이는 내가 돌봐 주지 않으면 안 될 녀석이다. 녀석이 다른 곳으로 떠나서도 잘 지낼지 걱정이다.

보름이 더 지나 스무아흐렛날이 되었다. 학교를 파하고 가람이와 함께 동리까지 걸어가는 중이었다. 오월을 앞둔 햇볕이 온몸을 달구었다.

그동안 막역히 지냈던 가람이가 내일이면 떠난다. 돌림병을 다스리려 방방곡곡을 떠돈다니 말릴 수도 없는 노릇이다. 오늘따라 걷는 내내 말수도 적었다.

"이번엔 어데로 가는 겨?"

정적을 깨려고 일부러 아무 말이나 걸었다. 가람이가 놀란 듯이 멈칫거렸다.

"어? 어……, 아마도 경성으로 다시 돌아갈 것 같아."

건성으로 답하는 품새를 보니 머리에 온통 딴생각으로 가득 차 있는 모양이었다. 그 모습이 영 못마땅했지만 내색하지 않았다. 대신 다른 걸 물어보았다.

"가끔 여기루 놀러 올 수 있남?"

가람이는 이번에도 한참 뜸을 들이고 나서야 대답했다.

"어려울 것 같은데. 아빠가 일이 생겨서 다시 오지 않는 이상은……."

별 기대 없이 물었건만 막상 들으니 꽤나 섭섭했다. 우리는 다시 말없이 동리 길을 거닐었다. 어디선가 아카시아 냄새가 날아와 코를 간질였다. 가람이가 별말이 없는 걸 보니 향도 못 맡을 만큼 딴생각에 골몰해 있는 품새였다.

어느덧 초록 갈대가 우거진 도중도가 눈앞에 나타났다. 그런데 뭔가 이상했다. 우의 선생님 댁 주변에 일본인과 동리 사람이 섞여 구름처럼 깔린 것이었다. 지금까지 저런 광경은 본 적이 없었다. 가람이가 기다렸다는 듯이 냅다 뛰기 시작했다.

"여어, 같이 가!"

나도 뒤를 따라 우의 선생님 댁으로 내달렸다. 무언가 알 수 없는 불안한 기분이 엄습했다.

뛰어가서 보니 이미 사람들이 잔뜩 둘러싸 벽을 이룬 바람에 쉽사리 안을 들여다볼 수 없었다. 가람이와 나는 한참을 비집고 들어가서야 겨우 보이는 위치에 섰다. 나는 눈앞의 광경을 보고 입을 다물지 못했다.

찰칵! 찰칵!

마당에는 우의 선생님의 식구들이 창백한 표정으로 나란히 섰고, 일본 기자들이 사진기를 겨누어 정신없이 찍고 있었다. 순사들은 옆구리의 칼을 철커덕거리며 방마다 구둣발로 들어가서는 무언가를 뒤적거렸다. 세간을 아무렇게나 팽개칠 때마다 우의 선생님의 어머니가 "차라리 날 죽여라, 날 죽여다오!" 하고 순사에게 악을 썼다. 용순 사모님은 이렇게 될 것을 짐작이라도 한 듯 어린 두 아이를 감싸 안은 채로 말이 없었다.

이게 대체 어찌 된 일이란 말인가? 마침 옆에 단골할머니가 있었는데, 혀를 끌끌 차며 얼빠진 투로 중얼거렸다.

"내가 뭐라고 혔어. 그리 살믄 제명에 못 죽을 거라고 일렀는디⋯⋯."

그 말을 듣고도 영문을 몰라 단골할머니의 소매를 당겼다.

"뭔 일이유, 이게?"

그러자 뒤에 서 있던 완이 할아버지가 어깨에 손을 얹으며 말해 주었다.

"우의가 상해에서 일본 관료한티 폭탄을 던졌댄다. 군사령관, 민단장 할 거 읎이 싹 쓸어버렸다더구먼."

그 말에 놀란 것은 물론이거니와 눈이 번쩍 뜨였다. 나는 큰소리로 대꾸했다.

"그럼 잘한 거 아녀유! 누군가 진즉 할 일을 우의 선생님이 해낸 거구먼 왜들 저리 호들갑이유?"

단골할머니가 검지를 입에 대며 "쉿!" 소리를 냈다. 일본인들이 곳곳에 깔렸으니 말조심하란 뜻이었다. 왜놈들에게 통쾌하게 한 방 먹이다니. 우의 선생님이 새삼 대단해 보였다.

그런데 뒤에서 어른들이 수군대는 소리가 들려왔다.

"우의 선생, 보나 마나 사형당할 겨."

"붙잡힐 때 하도 얻어맞아서 사람 몰골도 아니었댜, 쯧쯧."

"이러다 우의 선생하고 관계된 동리 사람도 줄줄이 붙잡혀 가는 거 아녀?"

어른들의 말에 우의 선생님이 걱정되었다. 그런데 왼쪽에 서 있는 가람이를 보니 얼굴이 아주 태연했다. 마치 이렇게 될 줄을 미리 알고 있기라도 한 듯 덤덤히 바라보고만 있었다. 오히려 안도하는 기색마저 느껴졌다.

가람이에게 말을 걸려던 찰나였다. 갑자기 순사 하나가 빙 둘러선 사람들에게 소리 질렀다.

"이봐, 구경났나! 윤봉길의 가족 친척을 제외하고 모두 돌아가란 말이다!"

순사봉을 휘두르며 위협하니 다들 물러설 수밖에 없었다. 가람이와 나도 사람들을 따라 터덜터덜 도중도를 빠져나왔다. 마당에 처연히 서 있던 용순 사모님께 따뜻한 말 한마디도 못 건넨 것이 마음에 걸렸다.

개울을 건너고 한참이 지나서야 가람이가 내게 한마디 했다.

"우의 선생님이 결국 큰일을 해냈네. 돌아가시게 된 건 마음이 아프지만."

나는 고개를 갸우뚱거렸다.

"니는 우의 선생님이 돌아가시면 좋겠어? 붙잡히기만 혔는디 그리 말하는 건 좀 섣부르지 않혀?"

"아, 그러네. 미안……."

가람이가 제 머리를 툭툭 치며 사과했다. 내가 열을 낸 탓에 우리는 다시 말없이 걸을 수밖에 없었다.

걷는 내내 우의 선생님의 기개 넘치던 모습과 가르침이 머릿속에서 아른거렸다. 우의 선생님은 자신이 한 말을 지키고야 말았다. 사나이의 다짐을 이루어 낸 것이다. 생각할수록 가슴 깊은 곳에서 뜨거운 게 솟구쳐 올랐다.

이대로 가만히 있을 수 없었다. 나 역시 주먹을 불끈 쥐고 다짐했다.

"가람아, 나 결심했어. 나도 선생님처럼 왜놈들을 몰아내는 투사가 될 겨!"

"……."

결연하게 말했으니 가람이가 감동할 줄로 알았는데, 녀석이 도리어 근심이 가득한 낯빛으로 바라보았다. 심지어 얼굴에 어두운 기색마저 감돌았다.

"뭐여, 그 상판대기는. 하지 말라는 겨?"

내가 볼멘소리를 해도 가람이는 나를 물끄러미 바라볼 뿐이었다. 그리고는 한참 뒤에야 열없이 대답했다.

"아니야, 하고 싶으면 해야지. 마음대로 해."

끓어오르는 피를 바치겠다는데, 녀석이 왜 저리 어두운 표정을 짓는지 모르겠다. 내 안위를 걱정해서 그러는 겐가?

    어쨌든 사나이로서 할 일을 굳게 마음먹으니 기분이 한결 후련
해졌다.

나의 독립운동

우의 선생님이 상하이에서 거사에 성공한 걸 보니 안심이 되었다. 선생님이 머지않아 죽는다는 사실을 덕재에게 실수로 말해 버렸지만 그다지 심각하게 받아들이지 않는 것 같았다.

그런데 문제는 그다음이었다. 덕재가 무언가를 골똘히 생각하더니 이렇게 말하는 것이었다.

"가람아, 나 결심했어. 나도 선생님처럼 왜놈들을 몰아내는 투사가 될 거!"

"……."

난 아무 말도 할 수 없었다. 아니, 마음 같아선 당장이라도 덕재를 말리고 싶었다. 하지만 과거의 일에 개입하는 건 절대로 금지된 일이다. 운명의 장난이 만들어 낸 답답함이 가슴을 미어지게

했다.

"뭐여, 그 상판대기는. 하지 말라는 겨?"

순간 내 입에서 "그래, 하지 마."라는 말이 목구멍까지 튀어나왔다. 겨우 꾹 참고 내색하지 않았다.

"아니야……, 하고 싶으면 해야지. 마음대로 해."

이 말을 꺼내기가 얼마나 힘들었는지 모른다. 눈앞에 있는 고조할아버지 한덕재는 훗날 광복군에 가담하게 된다. 그리고…… 1942년 5월, 태항산 전투에서 전사한다. 세 살배기 아이만 남겨 두고 스물다섯의 나이로 세상을 떠난 것이다.

사람의 미래를 뻔히 알고 있으면서 모르는 척하기란 너무나도 괴로운 일이다. 내게 소중한 사람이라 더더욱……. 리플렉터를 탄게 원망스럽기까지 했다.

우의 선생님이 '윤봉길'이란 이름으로 나라를 위해 희생한 역사를 함부로 바꾸면 안 되는 것처럼, 덕재의 운명도 건드려서는 안 된다. 집으로 돌아가는 갈림길에서 덕재를 바라보는데 그 뒷모습이 자꾸만 눈에 밟혔다.

집에 와 보니 아빠가 벌써 정리를 거의 마쳐 놓았다. 짐이라고 해 봐야 수레 한 대 분량이라 간단했다. 나는 인사 대신 물었다.

"이제 면역 혈청을 다 수집한 거죠?"

아빠가 그동안 기른 수염을 만지작거리며 고단한 목소리를 냈다.

"그래. 치료 효과까지 확인했으니까 틀림없을 거야. 이만큼 모으는 데 석 달이나 걸리다니……, 이젠 다시 하래도 못 하겠다."

"마을 사람들에게 고마워해야겠네요."

아빠는 고개를 끄덕였다. 그러고는 정리된 짐 속에서 무언가를 꺼내더니 내 손에 건네주었다. 받아 보니 하얀 봉투였다.

"뭐예요, 이게?"

"너한테 온 편지다. 초희가 보냈던데."

'초희'라는 말이 들린 순간 뜨끔했다. 나는 아빠의 눈치를 살폈다.

"설마, 뜯어본 거 아니죠?"

"내가 그런 유치한 짓을 왜 해."

아빠는 짐을 마저 꾸리며 대답했다. 정말 다행이다. 아빠가 뜯어보았으면 우린 내일 돌아가지 못했을지도 모른다.

봉투를 보니 '경성부 중부 정선방, 이초희'라고 쓰여 있었다. 초희가 이젠 정말로 경성 사람으로 살아가는 모양이었다.

아빠와 함께 있는 동안엔 편지를 볼 수가 없었다. 나는 두 시간 가까이 초조하게 기다리다가 아빠를 대신해서 저녁 식사를 준비하겠다며 부엌으로 들어왔다. 그리고 아궁이 앞에서 편지 봉투를 뜯었다.

편지지를 펼치는 손이 미미하게 떨렸다. 초희는 미래의 평범한 여학생다운 글씨체로 제법 길게 편지를 썼다.

가람이에게

그때는 날 배려해 줘서 고마웠어.

아빠도 생각보다 금방 풀려나서 지금은 경성에서 같이 살아.

한동안 너를 원망하셨는데 이곳에 적응하더니 괜찮다고 하네.

지금 와서 생각해 봐도 미래로 돌아가지 않기를 잘한 것 같아.

임무에 실패한 우리가 그곳에 가 봐야 분명 불행했을 테니까.

네가 돌아가기 전에 편지가 도착해야 할 텐데 걱정이 앞선다.

사실은 부탁이 하나 있거든.

떠나온 곳에 우리 엄마를 두고 왔어.

네가 돌아가면 우리 잘 지낸다고 안부 좀 전해 주지 않을래?

편지 밑에는 엄마의 이름과 주소 그리고 전화번호가 적혀 있었
다. 서울특별시……. 확실히 초희는 나와 같은 대한민국 사람이었
다. 그리고 밑에는 몇 줄 덧붙인 말이 있었다.

추신 : 답장 보내지 마. 겨우 마음잡은 게 흐트러질까 해서.

그리고 사실…… 내 이름 초희가 아니야. 원래는 새론이야.

넌 내게 좋은 친구였어. 잊지 않을게. 정말 고마워, 가람아!

새론······ 이새론. 예쁜 이름이었다. 그래도 내게는 '새론'보다 '초희'라는 이름이 더욱 살갑게 느껴졌다. 앞으로도 내겐 영원히 초희로 기억될 것이다.

편지의 내용이 밝으면서도 내가 할 말까지 막아 버린 것은 역시 초희다웠다. 새삼 초희와 함께한 일들이 머리를 스쳤다. 처음 내게 해맑게 다가왔던 일, 같이 마을에 나무를 심었던 일, 검정 원피스를 입었던 모습, 그리고······ 위기의 순간에 뒤에서 날 쏘았던 일까지. 이제 이 모든 건 나만 간직하고 있어야 한다.

초희와 함께 돌아갈 수 없는 건 유감이었다. 이제는 초희가 '새론'이라는 이름처럼 여기에서 새로운 사람으로 힘차게 살아가길 빌어 줄 수밖에 없다.

부엌의 문밖을 내다보니 초저녁 하늘에 달이 떠 있었다. 크고 밝은 보름달이었다. 초희도 지금쯤 경성에서 저 달을 보고 있을까.

싱숭생숭한 밤을 지내고, 떠나는 날 아침이 되었다. 나는 마을 이곳저곳을 다니며 어른들에게 인사드렸다. 가장 먼저 찾아간 사람은 마을에서 제일 높은 어른인 완이 할아버지였다.

"허, 고놈 참. 갈 때 되니께 인사 잘하는구먼. 가서두 친구 많이 사귀고, 건강햐."

완이 할아버지는 마지막으로 뵈었을 때도 평상에 앉아 다른 노인과 장기를 두고 있었다. 담뱃대를 물고 있는 노인들과 고즈넉

한 시골의 모습이 영락없는 이 시대의 풍경이었다.

여러 군데를 돌고 나서 제일 마지막으로 향한 곳은 단골할머니 댁이었다. 최근까지도 나를 곱지 않은 시선으로 본 탓에 가지 말까 고민하다가 가까스로 발걸음을 옮긴 것이었다.

"내 보기에 느그들은 귀신이 틀림 읎어. 이 세상 사람의 기운을 안 가지고 있거던. 그나마 무탈하게 지냈으니께 암말 안 한 겨. 어여 가 봐."

단골할머니는 내가 떠나는 마당에도 끝까지 서슬 퍼런 눈으로 노려보며 말했다. 저래 봬도 우의 선생님과 덕재가 죽을 운명까지 예견한 사람이다. 나는 고개를 꾸벅 숙여 인사했다.

"할머니, 정말 용하신 것 같아요. 그럼 진짜로 떠날게요. 안녕히 계세요."

내가 돌아서는 순간에, 나를 바라보는 단골할머니의 눈매가 처음으로 부드러워진 것을 느낄 수 있었다.

수레에 짐을 가득 싣고 나올 때부터 덕재와 순례가 마을 어귀까지 배웅해 주었다. 가는 내내 순례에게 살갑게 대해 주는 덕재의 모습이 보기 좋았다. 그런데 저 둘이 우리를 배웅하는 것도 마치 운명 같았다.

훗날 고조할아버지인 덕재가 젊은 나이에 세상을 떠나고, 어린 아이를 홀로 키우며 갖은 고생 끝에 집안을 일으킨 고조할머니. 그 사람이 바로 지금 내 눈앞에 있는 순례였기 때문이다.

그러니까 우리는 지금, 110년 전의 과거에서 고조할아버지와 고조할머니의 배웅을 받는 중이었다. 나는 덕재의 손을 잡고 마지막으로 부탁했다.

"항상 몸조심하고, 순례한테 지금처럼 잘해 줘야 해. 평생 빚졌다 생각하고."

덕재의 얼굴이 잔뜩 빨개졌다.

"펴, 평생이라니 먼 소리여? 순이 괴롭히는 놈은 내 가만 안 냅 두겠지만."

아직 순례와 혼인할 사이라는 걸 모르기 때문에 저러는 것이었다.

'내가 당신들의 후손이에요!'

덕재와 순례에게 이렇게 밝히지 못하는 것이 마음 아팠다. 독립운동을 하면 죽는다고 말릴 수도 없었다. 알고 있는데 말하지 못하는 것은 너무나 서글픈 일이었다. 아무것도 모르는 덕재는 그저 절친했던 친구로서 내 앞에 서 있었다. 마지막까지 천진난만한 덕재를 보자니 콧날이 시큰거렸다.

"그럼 잘 지내. 안녕!"

고이는 눈물을 참으며 손을 흔들었다. 덕재와 순례도 해맑게 웃은 채로 인사했다. 몽글몽글해진 눈앞의 풍경 속에 덕재와 순례가 하나로 합쳐졌다. 돌아선 뒤에야 비로소 눈물이 주르륵 흘러내렸다.

리플렉터가 있는 마을 뒤쪽의 가야산으로 향했다. 햇살이 눈부시다. 미래에서도 저 하늘은 여전히 푸르겠지. 돌아갈 곳에서도 변함없이 기다리고 있을 태양이 우릴 지켜보고 있었다.

슈우우웅.

리플렉터의 매서운 질주가 멈춘 뒤에 압력 빠지는 소리가 나면서 입구가 열렸다. 저 멀리 송전탑이 보이고 등산로가 정비된 가야산의 풍경이 눈에 들어왔다. 일단 공기부터가 인위적인 냄새를 물씬 풍겼다. 그와 동시에 김용정 박사를 비롯한 여러 연구원이 고개를 내밀었다.

아빠가 먼저 리플렉터 바깥으로 나오며 물었다.

"시간이 얼마나 흘렀지?"

김용정 박사가 시계를 가리키며 웃었다.

"자네들이 출발한 지 정확히 17분 지났어. 어휴, 저 수염 좀 봐. 그새 조선 양반이 다 됐네. 면역 혈청은 구해 온 거야?"

아빠는 혈액 주머니가 담긴 커다란 가방을 건넸다.

"위생 처리하고 나눠 담으면 300인분은 될 거야. 부족한 양은 걱정 안 해도 돼. 환자에게 투여해서 항체가 생길 때 다시 추출하면 되니까."

아빠는 오랫동안 과거 시대에 머물다 온 사람답지 않게 현대의 사무적인 말투를 곧잘 구사했다. 연구원들이 아빠의 말을 듣자마자 환호성을 질렀다.

우리가 구해 온 한 바이러스 면역 혈청의 효과가 나타나면 아빠는 그야말로 영웅이 되는 셈이다. 아빠가 자신을 치켜세우는 연구원들을 향해 다시는 그런 곳에 보내지 말라며 손사래 쳤다.

리플렉터에서 내려오는데 저 밑에 검은 양복을 차려입은 사람이 내게 손짓했다. 다름 아닌 변 차장이었다. 순간 가슴이 철렁했다.

지난번과 마찬가지로 은밀한 이야기를 하려는지 관용차 안으로 먼저 들어갔다. 차 안에 있던 요원들이 재빨리 내리며 내가 앉을 자리를 마련해 주었다. 순식간에 둘만의 공간으로 바뀐 차 안에서 나는 변 차장과 마주 보았다. 보면 볼수록 긴장을 불러일으키는 얼굴이다. 변 차장이 미소를 지었다.

"그새 키가 더 컸구먼. 거기서 얼마나 있다 온 거냐?"

"석 달 정도요."

경계하는 눈빛을 숨기지 않은 채 대답했다. 일상적인 것을 묻는데도 마치 예리한 나이프로 도려내는 듯한 말투였다. 그 말투 그대로 변충일 차장이 본론으로 들어갔다.

"일본의 리플렉터는 찾았나?"

순간 공기가 얼어붙는 느낌이었다. 이제 그동안 준비한 대로 대답해야 한다. 나는 여전히 변 차장의 눈을 똑바로 바라보았다.

"아뇨."

보안 교육을 받을 때 훈련했던 것처럼 눈동자를 고정한 채로 깜빡거리지 않았다. 불필요하게 팔다리를 움직이지도 않았다. 정보 수사에 잔뼈가 굵은 변 차장은 그 순간 내 말이 참인지 거짓인지 판단하고 있었다.

의미 없는 질문을 던진 뒤에 진짜 필요한 정보를 물어서 눈동자와 몸짓의 차이로 거짓말을 가려내는 수법은 이미 알고 있다. 나는 지금 변 차장이 가르쳐 준 것을 역이용하는 중이다.

"그럴 리가. 전파 추적도 안 되더란 말이냐?"

"흔적도 없던데요. 일본에서 발사조차 실패한 거 아니에요?"

그동안 연습한 대로 태연하게 대답했다. 진짜 그렇게 믿는 것처럼 말해야 상대를 속일 수 있다. 얼마나 오랫동안 이 대답을 자기암시 했는지 모른다. 변 차장이 고개를 갸웃거렸다.

"거참……, 뭐라고 보고해야 할지."

굉장히 실망한 기색이었다. 이만하면 성공적이다. 이것이 일본의 계략도 멈추고 초희도 지켜낼 수 있는 최선의 방법이다.

나는 변 차장을 떠보았다.

"차장님, 우리 집 방역 시스템은 설치해 주시는 건지……."

"지금 그걸 말이라고 하냐?"

예상대로 신경질적인 반응이 튀어나왔다. 변 차장이 정말로 날 아낀다면 임무에 실패했어도 수고했다며 무엇 하나는 해 주려 했을 것이다. 철저하게 이용만 하려는 심보였다. 나는 한마디 쏘아붙였다.

"차장님은 이걸 누구한테 보고해요?"

"당연히 상관에게 하지."

목소리와 달리 변 차장의 눈동자가 살짝 흔들렸다. 거짓말일 확률이 99%였다. 나는 더 당돌하게 물었다.

"다른 곳에는 보고 안 해요?"

차장의 눈동자가 다시 흔들렸다. 그러고는 내 말을 일축했다.

"어린 녀석이 뭘 안다고. 남의 비즈니스에 신경 꺼."

'나쁜 놈!'

마음속으로 깊은 한숨을 내쉬었다. 이런 사람이 있는 한 우리는 아직 멀었다.

아빠가 가져온 면역 혈청은 확실히 효과가 있었다. 1차로 감염자 100명에게 투여했더니 일주일 만에 79명이 완치되었다. 김용정 박사는 이것을 '리플렉터의 기적'이라 불렀고, 아빠는 '과학이 병 주고 약 준 격'이라고 했다. 애초에 유전자 변형을 하지 않았다면 한 바이러스가 퍼지지 않았을 테니 아빠 말도 틀린 건 아니었다.

그 뒤로 나는 무척 바빠졌다. 한 바이러스 백신을 개발한 아빠가 언론의 조명을 집중적으로 받은 탓에, 프로젝트를 함께 수행한 나도 옆에 붙어 다닐 수밖에 없었다. 정부는 영웅으로 급부상한 아빠를 더는 함부로 하지 못했다. 오늘 오전에 우리는 무려 대통령과 면담하기로 되어 있었고, 오후에는 부산에 있는 병원들을 돌아볼 예정이다.

나는 대통령 집무실의 높은 천장을 보고 지레 기가 죽었다. 궁궐 같은 집무실에서 대통령과 아빠가 한창 대화를 나눌 때, 나는 한마디도 못 꺼냈다. 아빠는 앞으로의 백신 생산 계획에 대해 보고하는 한편, 소신껏 목소리를 높이기도 했다.

"우리나라에서 한 바이러스가 창궐한 것이 우연은 아닙니다. 그동안 우리나라는 GMO 수입 1, 2위를 다투었고, 식품에 표시하지도 않았어요. 그걸 국민이 모르고 섭취하는 바람에 지금의 사태에 이른 겁니다. 면역자가 아예 없는 게 정상입니까? 전쟁으로만 나라가 망하는 게 아니란 것을 잘 아시잖습니까. 이제 강국들 눈치 보기 식의 GMO 수입은 중단해야 합니다. 정부에서 추진하는 GMH 프로젝트도 당장 백지화해야 하고요."

줄곧 위엄 있는 자세를 유지하던 대통령이 헛기침을 했다. 아빠 말이 무척 언짢은 눈치였다. 그 뒤로도 둘 사이에 날 선 대화가 오갔다.

얘기가 거의 끝날 무렵, 대통령의 근엄한 시선이 내게로 옮겨 왔다.

"가람이라고 했지? 아버지를 도와 항체를 구해 오다니 장하구나."

갑작스러운 칭찬에 어떻게 반응해야 할지 몰라 얼굴이 굳어 버렸다. 대통령이 내게 물었다.

"나한테 하고 싶은 말이 있나? 오늘 아니면 언제 볼지 기약도 없는데."

드디어 벼르던 기회가 왔다. 변 차장에게 한 방 먹일 찬스다. 나는 계획했던 말을 일부러 더듬거리는 투로 물었다.

"혹시…… 우리에게 항체 구하는 임무 말고 다른 지시를 내린 적 있나요?"

대통령이 안경을 들어 올리며 조그만 눈으로 쳐다보았다.

"무슨 지시?"

"예를 들면, 4년 전에 실종된 일본의 리플렉터를 찾는 일이라든지……."

"아니. 그런 적 없는데."

어리둥절한 목소리로 대통령이 답했다. 이로써 변 차장의 독단적인 지시였던 게 확실해졌다. 난 아무것도 모르는 것처럼 태연히 중얼거렸다.

"이상하네. 왜 나한테 그런 걸 찾아오라고 시켰을까."

"변 차장이 그러더냐?"

대통령이 눈을 크게 뜨며 물었다. 나는 계속 말했다.

"네. 찾느라 죽는 줄 알았어요! 아, 변 차장이 이거 비밀이라고 했는데. 절대로 제가 말했다고 하면 안 돼요."

대통령이 손수건으로 얼굴의 땀을 닦았다. 상당히 당혹스러운 모양이다.

사실 대통령에게 변 차장에 대해 낱낱이 이를 수도 있었다. 하지만 그러기엔 위험 부담이 이만저만 큰 게 아니었다. 내겐 오직 진실만 있을 뿐 확실한 물증이 없다. 국가 정보를 쥐락펴락하는 변 차장을 정식 고발하기에는 역부족이었다.

눈앞의 대통령을 온전히 믿을 수 없다는 점도 그랬다. 한 바이러스가 퍼질 때도 자기 잘못은 인정하지 않고 아빠를 궁지로 몰아넣은 인물이니까. 나보다 변 차장을 더 신뢰할 수도 있다. 그러니 미숙한 척하며 진실을 흘리는 방식이 최선이었다.

굳은 대통령의 얼굴을 보고 아빠가 정적을 깨는 헛기침을 했다. 잠시 후에 대통령이 나직한 목소리로 주의를 주었다.

"내 가람 군에게 하나만 부탁하지. 자네도 알다시피 이번 프로젝트는 중대한 국가 기밀이야. 지금처럼 실수로라도 말하는 일이 있어선 안 돼. 알겠지?"

나는 조용히 고개만 끄덕였다. 보안 교육이라면 누구보다도 철저히 받았다.

사실 내겐 죽을 때까지 반드시 지켜야 할 비밀이 따로 있었다. 그것은 내 손으로 직접 일본의 리플렉터를 없애 버린 일이었다. 1932년으로 가기 전만 해도 불의의 사고로 실종된 줄 알았는데, 리플렉터를 없앤 장본인이 바로 나였다니. 이 사실을 그곳에 다녀오고 나서야 알게 된 점이 놀라울 따름이다.

일본이 4년 전에 보낸 리플렉터는 분명 성공했다. 다만 음모가 실패했을 뿐이다. 하지만 리플렉터가 잘못된 것으로 알려지는 게 낫다. 이거야말로 내가 평생 묻어야 할 비밀이다.

청와대를 나오자마자 우리는 무인 차를 타고 부산으로 향했다. 아빠가 확보한 면역 혈청을 또 다른 환자 100명에게 2차로 접종하기 위한 일정이었다. 투여할 환자는 무작위로 선정했는데 사회적 혼란을 우려해서 영양제로 가장했다.

한 바이러스가 퍼진 지 반년이 넘었지만 환자를 직접 보는 건 이번이 처음이다. 나는 방독마스크와 위생 장갑을 더욱 조여 맸다.

환자를 대할 때 처음에는 겁을 먹었다. 그런데 첫 번째로 만난 아홉 살짜리 환자 나영이가 힘없는 얼굴로,

"안녕하세요."

흔한 인사 한마디 했을 뿐인데 경직된 마음이 녹아내렸다. 나영이는 엄마에게 전염되었고 양친은 이미 모두 사망한 뒤였다. 마치 우리가 다녀온 1930년대의 어려운 아이들을 보는 것 같아 애잔했다. 아빠가 주사할 때 나는 나영이의 손에 초콜릿을 쥐여 주었다.

그 밖에도 일흔이 넘은 할머니, 나와 동갑내기인 남자 환자도 만났다. 할머니는 지금 투여하는 게 뭔지 모르면서도 "고맙다, 고마워."라고 거듭 인사했다. 환자는 수만인데 면역 혈청이 아직 몇 백 명분밖에 없다는 게 한스러웠다.

밤늦게 연구소로 돌아왔다. 식사할 시간도 따로 없었던 탓에 저녁은 무인 차에서 푸드 캡슐로 때웠다.

위생 장비를 벗고 방 안에 들어오자마자 서랍에서 수첩을 꺼냈다. 이 연구소에선 디지털 매체에 기록한 모든 정보를 감시당하니 고전적인 방식을 쓸 수밖에 없었다. 수첩에는 윤봉길이 일으킨 상하이 의거에 대해 조사한 내용을 조그만 글씨로 적어 놓았다. 일본이 윤봉길을 노렸다면 그만한 이유가 있을 것이다. 현재로 돌아오면 꼭 조사해 보기로 마음먹은 일이었다.

지금까지 알아본 바는 이렇다. 1932년 1월 28일, 일본군이 만주에 이어 10만 병력으로 공격을 감행하여 상하이 사변이 발발했다. 중국군 30만이 시가전을 벌이며 한 달 넘도록 항전했지만 결국 패해 상하이를 점령당했다. 이 전투의 패배로 중국인이 치욕과 울분에 떨었을 때, 4월 29일 홍커우 공원에서 열린 전승 기념식에 윤봉길이 폭탄을 투척하여 일본군의 수뇌부를 섬멸했다.

당시 중국 지도자였던 장제스는 큰 감명을 받아 "중국의 100만 대군도 못 한 일을 조선의 한 청년이 해냈다."라고 격찬했다. 윤봉길의 의거 전에 임시정부의 상황은 참혹했는데, 중국에서는 대한민국 임시정부를 할 일 없는 망명객들이 내부투쟁이나 일삼는 집단쯤으로 여기고 한 푼도 돕지 않았다. 그런데 이후 장제스의 태도가 180도 바뀌어 김구 선생을 물심양면으로 도왔다. 심지어 임시정부가 광복군을 창설할 때 중국이 합동 작전을 제안하며 자금과 건물까지 마련해 줄 정도였다.

결정적인 성과는 바로 카이로회담이었다. 장제스는 이 회담에서 조선의 독립을 제안해서 성사시켰다. 김구 선생과 사전 약속이 있었기 때문이다. 김구 선생이 장제스와 접촉할 수 있었던 것도 윤봉길의 의거가 성공한 덕분이었다. 김구 선생이 자서전에서 회고한 대목을 보면 알 수 있다.

우의 선생님의 늠름한 모습과 당찬 눈동자가 아직도 내 마음에 남아 있다. 아무리 웨어컴으로 검색해도 내 기억보다 훌륭한 자료는 없을 것이다.

수첩을 덮고 이번엔 서랍에서 초희의 편지를 꺼냈다. 수십 번 읽었던 내용을 또 읽었다. 답장할 수 없는 편지를 붙들 때마다 가슴이 미어졌다.

초희 엄마에 대한 소식은 금방 알 수 있었다. 수소문을 부탁했던 연구원을 통해 처음 전해 들었을 때 얼마나 놀랐는지 모른다. 초희 엄마는 작년에 한 바이러스에 감염되어 이미 사망했다. 날벼락 같은 소식을 접했던 나는 아무 말도 할 수 없었다. 초희의 부탁을 들어줄 수 없다는 생각이 나를 괴롭혀 왔다.

침대에 누워 생각해 보았다. 초희는 1930년대로 갔기 때문에 110년이 지난 지금에서는 죽은 사람이다. 이미 수명을 마친 사람의 안부를 전하려 했다니 기분이 묘했다. 만약 초희 어머니가 살아 있다면 뭐라고 말해야 했을까.

게다가 한 바이러스는 대개 가족 단위로 감염된다. 초희 엄마가 감염됐으니 만일 초희가 4년 전으로 복귀했다면 바이러스에 감염되어 죽었을 수도 있다. 1932년에 남기로 한 것이 오히려 목숨을 부지한 셈이라니. 운명이란 참⋯⋯.

내겐 아직도 초희와 덕재에 대한 기억이 생생하다. 하지만 둘은 일생을 살고 벌써 세상을 떠났다. 그 친구들이 생을 마감했단 사실이 실감 나지 않는다. 지금도 어딘가에서 씩씩하게 살아가고 있을 것만 같다.

삐삐삐.

한창 사색에 빠져 있는데 보안 전화가 울렸다. 조그만 벨 소리에 심장이 요동쳤다. 이걸로 연락할 사람은 한 사람밖에 없기 때문이다. 나는 심호흡을 한 뒤에 수화기를 들었다.

"여보세요."

"야 이 미친 새끼야, 너 대체 대통령께 뭐라고 지껄인 거야!"

추궁보다 절규에 가까운 괴성이 귓전에 울려 퍼졌다. 변 차장이었다. 이렇게까지 이성을 잃은 모습은 처음이다. 나는 최대한 태연한 척했다.

"뭐가요?"

"몰라서 물어? 비밀이라고 했으면 무덤까지 가져가야 할 거 아냐!"

대통령에게 일본의 리플렉터에 대한 비밀을 흘린 걸 말하는 것이었다. 변 차장의 이런 반응을 예상 못 한 건 아니었기에, 나는 침착하게 대답했다.

"상관에게 보고하신댔잖아요. 그러면 대통령도 알고 계신 거 아니었어요?"

수화기 너머로 정적이 흘렀다. 한 방 먹은 기분일 것이다. 변 차장, 당신의 상관은 아마 다른 곳에 있을 테니까. 넘어온 목소리가 분노로 떨리고 있었다.

"너 이 새끼, 그래도 할 말이 따로 있지. 대통령께 그게 무슨 말버릇이야."

"그냥 실수였다고요."

"뭐, 실수? 이거 큰일 날 놈일세. 너 내일부터 보안 교육 다시 받아!"

그 끔찍한 교육을 다시 받으라니. "싫어요. 제가 왜요?"라고 말했을 땐 변 차장이 이미 수화기를 놓은 뒤였다.

단절음이 울리는 수화기를 든 채로 잠시 멍하니 서 있었다. 분명 변 차장은 보안 교육을 빙자해 형사처럼 내게 추궁할 것이고, 이런저런 고문을 가할 것이다. 특히 물고문이라면 신물이 난다. 아무리 겪어도 고통이 전혀 줄지 않으니까.

문득 우의 선생님이 떠올랐다. 일본 형사에게 끌려가 모진 핍박을 당하는 심정이 어땠을까. "할 일을 하고 미련 없이 떠나가오."라며 남긴 유언에는 어떠한 두려움도 없었을까. 나도 그 의기를 조금만 나누어 받을 수 있다면…….

나의 독립운동은 이제부터 시작이다.

에필로그

    그로부터 한 달가량 지났다. 면역 혈청을 공급한 이후로 사망자가 급격히 줄었다. 한 바이러스를 이겨 낸 환자가 늘어나 항체도 더 많이 확보할 수 있었다. 사람들은 점점 활기를 되찾았다. 변차장의 혹독한 보안 교육을 견뎌 내고 있는 나만이 홀로 초췌해지는 기분이었다.

    평소처럼 아빠와 함께 백신을 보급하는 일정을 마치고 돌아오던 어느 날이었다. 갑자기 무인 차 안에서 어질어질하며 몸에서 열이 나기 시작했다. 웬만하면 참아 보려 했는데 아무래도 심상치 않았다.

    "아빠, 저 감기 걸린 것 같은데……."

    아빠가 놀란 얼굴로 내 이마를 살폈다. 그리고는 한마디 했다.

"혹시 모르니까 당장 입원하자."

나는 손사래를 쳤다.

"그동안 얼마나 위생에 신경 썼는데, 설마 한 바이러스겠어요?"

"한 바이러스 초기 증상이 감기하고 비슷한 거 몰라? 괜히 병 키우지 말고 입원해."

그 말에 덜컥 겁이 났다.

결국 연구소의 격리병실에 입원했다. 아빠가 내 피를 직접 뽑아 검사를 진행했다. 결과가 나오려면 한 시간쯤 걸리는데, 갇혀 있는 동안 별생각이 다 들었다.

"콜록, 콜록!"

진짜로 한 바이러스에 감염됐으면 어떡하지. 면역 혈청이 있어도 모두 완치되는 게 아닌데. 방독마스크도 항상 쓰고 다녔건만 어디서 잘못된 걸까. 평범한 감기인데 호들갑 떠는 건 아닐까.

잠시 후 김용정 박사가 병실에 찾아왔다. 물리학을 배우면서 어느덧 연구소에서 가장 친해진 사람이다. 유리 벽 너머에 있는 김용정 박사의 목소리가 스피커를 통해 쩌렁쩌렁하게 울렸다.

"야, 한가람. 꼴이 이게 뭐야?"

나는 누운 채로 그저 멍하게 웃을 뿐 할 말이 없었다. 김용정 박사가 그런 내게 농담 반 진담 반으로 말했다.

"너, 내가 미래의 제자로 찜했단 말이야. 내 허락 없이는 함부로 아프지 말라고. 알아들었어?"

그러면서 나보다 더 초조하게 결과를 기다리는 모습이었다. 걱정할까 봐 엄마에게도 말을 안 했는데 용케 소식을 듣고 달려온 모양이다.

이윽고 아빠가 굳은 표정으로 나타났다. 성질 급한 김용정 박사가 아빠를 붙잡고 이것저것 물어보았다. 마이크 존이 아니라 둘이 얘기하는 소리가 들리지는 않았지만 김용정 박사가 흠칫 놀라는 모습을 보니 불안했다.

아빠는 병실에 들어오지 않고 다시 사라졌다. 김용정 박사는 대기석에 털썩 앉아 망연자실한 얼굴로 나를 바라보았다. 표정 좀 숨길 것이지. 저 사람은 얼굴에 마음이 다 드러나는 게 흠이다.

한참이 지나 아빠가 다시 나타났다. 그런데 방독마스크와 보호의를 입고 있었다. 나는 헛숨을 들이켰다. 그제야 김용정 박사가 한마디 던졌다.

"쯧쯧, 유행에 둔감한 녀석 같으니. 남들은 이제 다 지나가는데 지금 와서 걸리는 건 뭐냐?"

결국 한 바이러스 확진 판정을 받고 말았다. 최근에 외출이 잦기는 했지만 그렇게 조심했는데도 걸려 버릴 줄이야.

아빠가 커다란 가방을 가지고 격리실에 들어오며 말했다.

"다행인 줄 알아. 몇 달 전만 해도 걸리면 손가락만 빨았으니까."

그것도 위로라며 살벌한 말을 건네는 아빠였다. 그리고 가방에서 'AB+'라고 적힌 노란 액체 주머니를 꺼냈다. 곧장 굵은 주사기에 액체를 조심스럽게 담기 시작했다. 나는 눈치를 살피며 물어보았다.

"그거…… 면역 혈청이에요?"

아빠는 말없이 고개만 끄덕였다. 나는 혈청을 주사기에 나눠 담는 모습을 물끄러미 바라보았다. 아빠가 항체를 구한 사람이기에 내가 빨리 치료받을 수 있는 거겠지. 아빠가 젖은 솜으로 팔뚝을 문지르며 말했다.

"빨리 접종할수록 살 확률은 높아지지만, 좋아할 것 없어. 완치되면 성분 헌혈을 밥 먹듯이 해야 할 거다. 헌혈 동의서엔 내가 사인해 놨어."

얼핏 들은 적이 있다. 얼마 전에 면역 혈청의 존재가 알려진 뒤로 거의 모든 환자의 접종 신청이 빗발쳤고, 그 뒤로 혈청을 접종하려면 성분 헌혈에 동의하는 계약서를 써야만 한다고. 그래야 더 많은 사람을 치료할 수 있다. 당연히 나도 그 대상에 포함되는 것이다.

주사기가 팔뚝을 찔러 들어왔다. 따끔한 느낌에 얼굴을 찌푸렸다. 아빠는 천천히 혈청을 주입하면서 잠잠한 목소리로 내게 말했다.

"이건…… 네 조상 덕재의 피다. 덕재도 AB형이었던 거 기억하지?"

"덕재요?"

순간 정신이 번쩍 들었다. 주사 맞는 내내 생전 처음 느껴보는 기분에 휩싸였다. 내가 덕재 덕분에 치료를 받을 수 있게 되다니. 조상이자 절친한 친구이기도 했던 덕재의 피가 내 몸에 뜨겁게 퍼지는 듯했다.

유리 벽 너머로 지켜보던 김용정 박사가 말했다.

"아들 몫으로 용케 일 인분은 남겨 뒀군. 아무리 세상을 구했다, 영웅이다 떠들어도 역시 부모란 어쩔 수 없어."

주사 네 대를 모두 놓고 나서야 아빠는 깊은 한숨을 쉬었다. 아빠가 이렇게까지 긴장하는 모습은 처음 보았다. 그와 반대로 내 마음은 오히려 평온해졌다. 접종 받은 혈청이 덕재의 피라는 걸 알고 나서부터였다.

"네가 바이러스에 걸린 건 당분간 비밀로 하자. 네 엄마가 알기라도 하면 한바탕 난리가 날 거야."

그런 엄마의 모습을 상상하니 고개를 끄덕일 수밖에 없었다. 요즘 들어 왜 이렇게 지켜야 할 비밀이 많아지는지 모르겠다.

완치율이 80% 정도라는데, 나머지 20%에 들 것 같은 기분이 전혀 들지 않았다. 당장 내일쯤 깨끗이 나을 것 같다. 의리 있는 덕재라면 결코 날 내버려 두지 않을 테니까.

1932년에서 지낸 몇 달 동안 덕재와 함께 했던 기억을 떠올렸다. 첫 대면부터 덕재의 저돌적인 태도에 당황한 일, 이어폰이 발각되며 친해진 일, 우의 선생님을 구하려고 함께 기차를 타고 형사를 쫓은 일.

이 모든 게 내 몸속에 추억으로 녹아들었다. 늘 혈기가 넘치던 덕재는 결국 나라를 구하지 못하고 젊은 나이에 죽었다. 그런데 110년이 지난 지금, 덕재의 피가 나를 살리고 있다.

내가 깨끗이 나아 헌혈하면 많은 사람을 구하게 된다. 나는 기꺼이 덕재의 피를 세상에 나눌 것이다. 그리고 변 차장과도 끝까지 맞서 싸울 것이다. 그러기 위해서는 반드시 한 바이러스를 이겨 내야 한다.

내 몸에는 지금 덕재의 뜨거운 피가 흐르고 있다.

작품의 씨앗 하나.

위기에 맞닥뜨린 다양한 인물들의 모습을 그리고 싶었다. 고뇌 끝에 양심적으로 행동하는 인물, 이익을 위해서라면 어떠한 짓이라도 저지르는 인물, 옳다고 여기는 일에 의연히 자기 몸을 던지는 인물. 모두가 우리 주변에 버젓이 존재하는 사람들이다. 다만 지금은 전쟁이나 바이러스와 같은 극한 상황이 아니기에 각자의 본성이 드러나지 않고 있을 뿐이다.

그러던 내게 일제강점기가 눈에 들어왔다. 살기 위해 어느 쪽이든 결단할 수밖에 없던 시기였다. 양심에 따라 삶이 극명하게 갈리는 시대였다. 매력적인 소재였으나 고뇌하는 주인공은 현대의 인물이었으면 했다. 역사 이야기로 끝내지 않고 '지금, 우리'

의 이야기를 하고 싶었다. 그래서 근 미래의 인물 가람이가 한 바이러스라는 위기를 극복하기 위해 일제강점기로 떠나는 이야기를 구상했다.

씨앗 둘.

그 무렵 한 영상을 보게 되었다. 1945년 9월 2일, 일본이 항복 문서에 서명하는 역사적 장면이었다. 일본 대표로 서명하러 온 시게미쓰 외상이 의족 때문에 다리를 절뚝거리자, 전 세계로 나가던 공식 뉴스에 한국 사람이 한 명 소개되었다.

"한국의 애국자에게 폭탄을 맞아 다리를 잃었습니다."

바로 윤봉길이었다. 한동안 나는 윤봉길 의사의 생애와 행적 조사에 푹 빠져들었고, 그가 이뤄낸 독립운동의 파급력을 깨닫고는 전율을 느꼈다. 다만, 구상한 이야기에서 그를 전면에 내세울 순 없었다. 대신 윤봉길의 소년 시절 모습과 닮은 덕재를 넌지시 등장시켰다. 또 다른 주인공 덕재는 그렇게 탄생한 것이다.

씨앗 셋.

독자가 재미를 느끼도록 각색하다 보니 실제 역사와 달라진 부분이 있다. 이야기의 무대인 1932년에 윤봉길은 이미 고향을 떠난 뒤였다. 1930년부터 2년간 중국의 만주, 청도, 상하이를 떠돌며 세탁소와 채소 장사 일을 하여 고향에 꼬박꼬박 돈을 부쳤다

고 한다. 이야기의 극적인 전개를 위해 윤봉길의 출가 후 거사까
지의 기간을 2개월로 줄였음을 밝힌다.

이야기에 흘려 넣은 '지금, 우리'의 문제는 윤봉길의 민족 자
강 정신과 맞닿아 있다. 우리의 불행한 과거를 남 탓만 할 게 아니
라—그런 이야기는 이미 차고 넘친다—우리가 여전히 무지하지
는 않은지, 과거와 같은 실수를 반복하지 않는지 통렬히 질문해
야 할 때이다. 독자 모두가 삶의 순간마다 지혜로운 결단을 내리
는 '일상의 영웅'이 되기를 빌어 본다.

2018년 10월
낙엽 냄새를 맡으며
박상기

내 몸에 흐르는 뜨거운 피

ⓒ 박상기, 2018

초판 1쇄 발행일 | 2018년 11월 16일
초판 2쇄 발행일 | 2019년 12월 17일

지은이 | 박상기
펴낸이 | 정은영
편 집 | 최성휘 김정택
마케팅 | 이재욱 최금순 한지혜 김하은
제 작 | 홍동근

펴낸곳 | (주)자음과모음
출판등록 | 2001년 11월 28일 제2001-000259호
주 소 | 04047 서울시 마포구 양화로6길 49
전 화 | 편집부 (02)324-2347, 경영지원부 (02)325-6047
팩 스 | 편집부 (02)324-2348, 경영지원부 (02)2648-1311
이메일 | jamoteen@jamobook.com

ISBN 978-89-544-3919-0 (43810)

이 도서의 국립중앙도서관 출판예정도서목록(CIP)은 서지정보유통지원시스템 홈페이지
(http://seoji.nl.go.kr)와 국가자료공동목록시스템(http://www.nl.go.kr/kolisnet)에서
이용하실 수 있습니다.(CIP제어번호: CIP2018034173)